Alexander Kronenheim

MARIENBURG
DAS LETZTE AUFGEBOT

Bibliografische Information der Deutschen Nationalbibliothek:
Die Deutsche Nationalbibliothek verzeichnet diese Publikation in der Deutschen Nationalbibliografie; detaillierte bibliografische Daten sind im Internet über http://dnb.dnb.de abrufbar.

© 2017 **Alexander Kronenheim** *;2. Auflage*

Texte und Grafiken: © *2017 Alexander Kronenheim*

Herstellung und Verlag: BoD – Books on Demand, Norderstedt

ISBN: 9783734796340

Inhaltsverzeichnis

Kapitel 1   **7**

Kapitel 2   **39**

Kapitel 3   **89**

Kapitel 4   **128**

Kapitel 1

Ein herrlicher Sommertag lachte über der Weichselniederung; ruhig, klar wie Glas strömte die Nogat. In ihren geschwinden Fluten spiegelten sich zitternd die mächtigen Türme, Mauern und Zinnen der Marienburg. Wie in Gold getaucht, leuchtete das herrliche Marienbild am Osttor der mächtig sich aufschwingenden Schlosskirche, deren Maßwerk, Spitzbogen und Fialen, fein wie Filigran, sich aus dem Mauerwerk hoben. Im leuchtenden Sonnenschein lagen all die dunklen, rostroten Dächer des Städtchens, das sich um die hochragende Festung lagerte, umkräuselt von Wolken behaglichen Rauches, der aus den dicken Schornsteinen quirlte.

Tiefe Stille. Nur im Röhricht der Nogat lärmten die Rohrspatzen mit ihren heiteren Stimmen. Um die Marienburg und die Dächer des Städtchens schossen pfeilschnell die immer regen Mauerschwalben.

Auch die Straßen lagen in mittägiger Stille. An der Ecke des Marktes im tiefen Schatten der untergebauten Lauben, saß, die weiße Haube auf dem spärlichen grauen Haar, die alte Obstverkäuferin in einem festen Mittagsschläfchen vor sich hin nickend. Sonst ließ kein menschliches Wesen sich blicken.

Das Haus, in dessen Laube sie ihren Stand hatte, war klein und schmal, aber besonders sauber und gediegen; in kühnen Riss schwang sich der Giebel auf, und über dem Eingang hing an einer Stange ein fein geschmiedetes Gewerkschaftszeichen: Zum Kunstschmied hieß das Haus.

Durch den dämmernden Flur trat man auf den engen Hof, an dem in einem geräumigen Seitengebäude die große Schmiedewerkstatt lag. In dem weiten eingerußten und eingeräucherten Raum, in dessen Hintergund Geschützrohre, Wallbüchsen, wie sie im 15.Jahrhundert gebraucht wurden, Teile von Harnischen und anderem Rüstzeug aufgehäuft lagen, rauchte zur Zeit nur ein Schmiedefeuer vor dem Amboss. Das glühende

Eisen mit einem kurzen, kräftigen Hammer zu immer feineren Gebilden bearbeitend, stand ein junger Gesell, die blauen Hemdärmel hoch geschlagen, das Schurzfell vorgebunden. Es war kein eigentlich hübscher Mensch; sein bartloses Gesicht hatte etwas Eckiges, aber in seinen großen, blauen Augen lag so viel Wärme und Leben, dass seine Züge verschönt, wie von einem warmen, freundlichen Licht erleuchtet schienen.

So versunken war der junge Kunstschmied in seine Arbeit, dass er gar nicht bemerkte, wie ein junges Mädchen über den Hof kam und in der Tür stehen blieb, ihm bei seiner Arbeit zuschauend. Es war eine grobe, schlanke Erscheinung; dunkelbraune Zöpfe lagen in breiten Flechten um die fein gemeißelte Stirn, und große, blaue Augen schauten klar und bestimmt unter langen, seidigen Wimpern und leicht aufwallendes Temperament verratenden Brauen in die Welt. Es war Renate Sturtz, die Tochter des Meisters Johann Sturtz, Obmannes der Schmiedeinnung, der als Kunst- und namentlich als Waffenschmied einen bedeutenden Ruf im ganzen Ordensland genoss.

Der junge Gesell, Lothar Breughel, war erst im vorigen Winter zugewandert; er stammte vom Niederrhein und war ein Künstler in seinem Fach, sowohl als Schmied wie als Gechützgießer, welche Kunst er hier ganz besonders betätigen sollte.

Ein Weilchen stand Renate schweigend und schaute seiner schnellen und geschickten Arbeit zu. Er schmiedete an einem eisernen Kronleuchter für den Remter des Ordenshauses; fein wie Filigran spann sich das Rankenwerk unter seinen sicheren Hammerschlägen, und zart wie wirkliche Blüten wuchsen Blumenkronen aus dem Eisen. Er übertraf ihren Vater, dachte Renate, alles, was wahr ist, wenn er bloß ...

Lothar sah auf und begegnete Renates Blick; ein leichtes, halb verlegenes Lächeln zog über seine Züge, als er sich beobachtet sah.

„Das wird ja eine feine Arbeit." sagte Renate. „Die Ordensherren werden ihre Freude daran haben. Wenn jetzt auch Waffenschmieden eigentlich besser wäre."

Lothar schien unangenehm berührt. „Geschütze gegossen haben wir genug!" entgegnete er kurz. „Ehe das Ordensheer ausrückte. Mag der Kronleuchter inzwischen an die Reihe kommen, dass die Herren ihn vorfinden, wenn sie heimkehren. Er ist schon lange bestellt und muss auch ausgeführt werden."

„Warum bist du nicht mit ins Feld gegangen?" fragte Renate und runzelte leicht die Stirn. „Es zogen doch alle aus. Selbst mein alter Vater mit seinen 52 Jahren verschmähte es nicht, als Stückmeister beim schweren Geschütz mitzuziehen."

Der Ausdruck einer leichten Verlegenheit verstärkte sich auf Lothars Zügen. „Bin ich als Landsknecht hergekommen," fragte er trotzig, „oder als Handwerksgeselle, meine Kunst zu üben? Bei uns ist's nicht Sitte, dass sich die Bürger in jeder Fehde herumhauen. Das überlassen sie den Rittern und den Söldnern, den einen für die Ehr', den andern für ihren Sold."

Renate richtete sich auf. „Das sind hier keine Fehden, wo's um einen Scheffel Erbsen oder eine lumpige Gerechtigkeit oder einen Streifen Land losgeht,' erwiderte sie. „Das sind hierzulande Kriege gegen die Polen und die Litauer, die uns den mühsam erkämpften und besiedelten Boden entreißen wollen. Hier ist's bitterer Ernst. Da ist's jedes Deutschen Sache mitzutun, — es gilt uns allen! Freilich du bist kein Landeskind. Was weißt du von Polen und Litauern und all' dem Volk, das da hinten um unsere Grenzburgen tobt?"

Die Röte auf Lothars Gesicht hatte sich verstärkt. Er beugte sich tiefer über das glühende Eisen und schlug zu, dass lange, knisternde Funken absprühten. Ein zweiter Schatten fiel von dem hellen Türrahmen aus in die düstere, verrußte Werkstatt, — ein junger Ordensbruder trat über die Schwelle. Es war eine hohe, vornehme Gestalt, ein feines, vornehmes, stolzes Gesicht, das kühl über die beiden hinsah. Der lange weiße Ordensmantel mit dem schwarzen Kreuz hing in langen Falten von seinen Schultern, leise klirrte der Sporn an das breite Ordensschwert. Seine Rüstung, der Helm waren bestaubt.

„Ihr seid's, Herr von Lossow!" rief Renate. „Ihr kommt vom Feldheer? Wie steht's draußen?"

Bruder von Lossow sah sie schärfer an. In sein kühles Auge trat ein Zug von Interesse. „Gut!" erwiderte er. ...Eine Riesenschlacht ist entbrannt, bei den Tannenberger Höhen. Unabsehbar waren die Scharen und Banner der Feinde, Polen, Litauer, Mongolen, Gott weiß, was alles für Volk!"

„Und?" fragte Renate gespannt, mit fliegendem Atem. „Wie stand's?"

„Unsere Flügel wurden hier und da ein bisschen eingebogen," versetzte Bruder Lossow, die Achseln zuckend, „aber die Mitte, das Ritterheer stand wie eine Granitmauer. Wie die Weichsel bei Hochwasser an den Eisbrechern, so schellte die Flut der Feinde an dieser Mauer zurück. — War eine Freude zu sehen!"

„Gott sei gelobt!" sagte Renate leise, die Hände faltend.

„Die Schlacht war noch im vollen Gange, als ich mit geheimer Botschaft des Hochmeisters das Feld verließ." fuhr Bruder Lossow fort. „Ihr Ausgang ist nicht mehr zweifelhaft. Eine solche Übermacht hat ein Ordensheer kaum je gesehen, — aber Maria ist mit ihren Rittern! — Hier, Bursche," wandte er sich an Lothar, „sieh zu was mit meinem Schwert zu machen ist. Die Spitze ist in solcher polnischen Heldenbrust stecken geblieben." Damit hängte er sein Schwert aus und warf es Lothar zu. „Schmiede eine neue Spitze, aber beeile dich! Um Mittag schicke ich einen dienenden Bruder, um es abzuholen." Mit einem gnädigen Nicken und einem leichten, schmeichelnden Griff unter Renates Kinn, dem diese mit zornglühendem Blick, empört auswich, verließ der junge Ordensbruder die Werkstatt. Draußen hielt der Graumäntler, wie man die dienenden Knechte nach der Farbe ihrer Ordensmäntel nennte, mit den Pferden; man hörte die davon klappernden Hufe.

Lothar hatte das Schwert beiseite gestellt und schmiedete weiter an seinem Kronleuchter. Ein tiefer Ärger malte sich auf seinen Zügen. „Sind auch wohl nicht immer die besten, eure Ordensbrüder?" fragte er. „Man sagt, sie dürften kein Weib anrühren, auch nur anschauen. Der Herr von Lossow scheint einen besonderen Freipass zu haben."

Renate glühte vor Zorn und Scham. „Manche wissen nichts von Zucht und Strenge oder wollen nichts wissen." erwiderte sie. „Die Ordensbrüder sind nicht mehr, wie sie früher waren. — mein Vater sagt's auch. Zu groß ist der Reichtum, der sich angehäuft hat und den die alten Ritter mit ihrer Sparsamkeit und Genügsamkeit gesammelt und begründet haben."

Lothar hielt nachdenklich in seiner Arbeit inne. „Ein schönes Land ist euer Preußen!" entgegnete er. „Ein Land, in dem Milch und Honig fließt. Der Reichtum des Ackers, die schönen Städte, — man muss Achtung haben vor euren Rittern, — denen vom alten Schlag — und Bürgern."

„Ja, es ist ein schönes Land!" wiederholte Renate mit leuchtenden Augen, „Doch komm zum Mittagessen. Mutter wartet mit der Suppe." Sie ging, und Lothar legte sein Handwerkszeug zusammen.

Drin in der Essstube, die zu ebener Erde lag, ein gemütlicher Raum, dessen Hausrat ein großer Tisch, ein fein gebeizter Anrichteschrank, eine eisenbeschlagene Truhe und schwere Holzstühle bildeten, in der Ecke aber ein bauchiger Kupferkessel mit einer Schale darunter zum Händewaschen. Indes hatte die Meisterin die Suppe aufgetragen. Außer Lothar und den beiden Frauen nahmen noch die Lehrlinge teil. Frau Sturtz war eine behaglich rundliche Erscheinung mit einem, von Sonne und Wind gegerbten Gesicht, aus dem ein paar helle, lebhafte Augen leuchteten. Heut war ihr Gesicht sorgenvoll und unruhig.

„Es soll schlecht draußen stehen." sagte sie zwischen dem Essen mit einem kummervollen Seufzer. „Unsere sollen nicht halten können, wurde bei der Gemüsefrau erzählt. Eine solche Übermacht haben die Feinde noch nie gehabt."

„Die Gerüchte übertreiben immer." versetzte Renate. „Dass die Übermacht der Polen so groß ist, macht alles kopfscheu. Eben war ein Ordensritter, der Bruder von Lossow in der Werkstatt, der aus dem Feld kam. Er sagte, eine große Schlacht sei im Gange, sie stände aber gut und an ihrem glücklichen Ausgang sei nicht zu zweifeln."

„Wenn nur der Vater erst wieder hier wäre!" seufzte Frau Sturtz. „Himmlische Güte!" sie schlug mit der flachen Hand auf den Tisch, „dass er sich in seinen Jahren auch noch in solche verfluchten Abenteuer stürzen muss! Er ist doch kein Jüngling mehr, — das sollt' er selbst wissen, der alte Hansnarr!"

„Sie brauchten ihn doch als Stückmeister beim schweren Geschütz!" begütigte Renate. „Wer verstünde besser damit umzugehen als der Erbauer? Und müssten die Alten nicht ins Feld rücken, wenn…" ein kurzer Blick fiel auf Lothar,

„die Jungen es vorziehen, zu Haus zu bleiben?"

Wieder senkte Lothar den Kopf, und eine leichte Röte färbte seine Stirn.

Das einfache Mahl war schnell beendet. Lothar erhob sich nach dem kurzen Tischgebet, das Renate sprach, und ging, seine Mittagsruhe zu genießen, in das kleine Gärtchen, das hinter der Werkstatt lag. Ein Kohlbeet in der Mitte, ein paar Obstbäume, an den Wegen hohe, blühende Malven, das alles eingefriedet von den Mauern der Nachbarhäuser. Es war ein trauliches Fleckchen Erde. Der alte Kater lag behaglich in der Sonne und schnurrte, und um die blühenden Blumen summten die Bienen.

Lothar legte sich in den Schatten des großen Birnbaums und sah in das Geäst, in dem die goldenen Früchte reiften, dann weiter hinauf zu dem tiefblauen Stückchen Himmel, das zwischen den Giebeln und Mansarden der Nachbarhäuser hereinblickte.

Ein Zug von Unmut und Verstimmung lag um seinen Mund. Er hatte sich so wohl gefühlt in dem Haus seines Meisters, so wohl wie seit langem nicht in den vier Jahren seiner Wanderschaft. Jetzt war ihm das Leben hier beinah verleidet, seit die

Kriegstrommeln gerührt wurden: noch keine vierzehn Tage war's her. Am liebsten würde er wieder zum Wanderstab greifen und fröhlich und frei in die Welt hinausziehen. War besser als die offene Missachtung zu ertragen, die Renate — bisher das liebste, beste Mädchen unter der Sonne — ihm bewies. War denn der Teufel in sie gefahren? Was wollte sie denn von ihm? War er ein Landsknecht, der seine Haut überall zu Markte trug? Als Kunstschmied war er hergekommen, ja, Renate, als Kunstschmied, nicht als Landsknecht! Er fürchtete sich, wenn's drauf ankam, weder vor Tod noch Teufel, aber hier den Söldner spielen, das passte ihm nicht. Die Ordensherren waren ja wohl Mann genug, ihre Fehden allein auszufechten.

Dass sein Meister mitzog, war das etwas anderes. Er war hier ansässig, ein Untertan des Ordens und zum Waffendienst verpflichtet. Aber er, Lothar, was ging ihn der Orden an und die Polen und die Litauer? — „Hier gilt's uns allen!" hörte er da Renate wieder sagen, und das eigentümlich peinliche Gefühl, das ihm ganz gegen seine sonstige Art den Mund schloss, wenn sie mit spitzer Zunge über ihn herfiel, ging ihm wieder siedend durch alle Adern. In ihren Augen war er ein Schwächling! Pfui Teufel!

Von der nahen Kirche schlug es eins, die Mittagsstunde war vorüber. Lieber arbeiten als hier träge seinen quälenden Gedanken nachhängen! Lothar sprang auf die Füße und ging in die Werkstatt zurück, wo die Lehrlinge eben sich anschickten mit dem Blasebalg das Feuer anzufachen.

Den ganzen Nachmittag arbeitete Lothar, nur über seine finsteren Gedanken fortzukommen. Das Schwert des Herrn von Lossow war zur rechten Zeit fertig und wurde abgeholt: Lothar arbeitete an seinem Kronleuchter. Aber zufrieden war er nicht mit seiner Arbeit, er war heute mit nichts zufrieden. Wenn Feierabend war, wollte er in die Felder hinausgehen, auf denen mannshohes Korn ernteref stand, — wollte die Lerchen über sich singen hören. Vielleicht packte ihn dann die Wanderlust so, dass er den ganzen Krempel hier hinter sich warf, seinem Meister aufsagte und auf und davonging. Andere Städtchen, andere Mädchen! Andere Mädchen, Renate, die nicht so spitzzüngig waren und den Kriegsteufel im Leib hatten. Den Kriegsteufel, haha!

Sollte sie doch mit ihrem Herrn von Lossow schön tun, der war ja Kriegsmann!

Der Zeiger der Uhr schien heute angerostet zu sein, da er einfach nicht vorwärts rücken wollte. Endlich ging es auf sechs. Da, was war denn das? Draußen auf der Straße ein dumpfes Pferdegetrappel, man hörte die Leute aus allen Häusern stürzen, draußen laufen, rufen, — was war denn los? Seine Lehrjungen waren sogleich rausgestürmt, mussten sehen, was da vorging. Lothar versorgte das Feuer und trat dann langsamer auch hinaus auf die Straße.

In der Tür stand schon Renate mit ihrer Mutter. Es war nichts zu sehen als eine große Menschenmenge, die sich in erregten Gruppen drängte.

„Es sind eben eine Anzahl Ordensbrüder eingetroffen." sagte Renate in einem eigentümlich erregten Ton. „Die große Schlacht soll sich gewandt haben und zu unsern Ungunsten entschieden sein." Frau Sturtz bekreuzte sich bei diesen Worten, Tränen standen in ihren Augen. „Wenn er bloß nicht in Gefangenschaft fällt!" murmelte sie. „Die Polen und Litauer misshandeln ihre Gefangenen schrecklich, stechen ihnen die Augen aus oder verstümmeln sie sonst wie!"

Lothar sah die arme Frau an. Wenn er, der junge Mann in seiner rüstigen Kraft mit seinem Meister mitgegangen wäre, vielleicht würde die arme Frau jetzt ruhiger sein!

Da klapperten wieder Hufe die Straße hinab. Ein Fähnlein Sergeanten, wie die Graumäntler auch hießen, zog heran, an der Spitze ein Ordensritter. Ihre Pferde waren grau von Staub und Schweiß, mit gesenkten Köpfen in einem stolpernden Schritt zogen sie daher: müde hingen die Reiter in den Sätteln, mit zerhauenen Helmen und Schilden, manch Leichtverwundeter mit einem Verband um die Stirn oder den Arm in einem solchen.

„Ist's denn wahr? — Sind wir wirklich geschlagen?" rief das Volk und drängte näher herzu.

Die Reiter hoben die Arme, zuckten die Achseln. „Leider!" lautete ihre Antwort. „Wir sind geschlagen, furchtbar geschlagen! Ein Sieg war nicht zu erzwingen gegen diese Übermacht!"

„Kommt der Feind?" rief es wieder im Volk von allen Seiten. „Die wilden Litauer und Mongolen auch?"

„Sie kommen," antworteten die Reiter, „und in Massen, wie wir sie noch nicht gesehen haben!"

„Holt alle Lebensmittel zusammen, das Korn von den Feldern!" mahnte ein alter graubärtiger Reiter. „Werdet's gebrauchen können!"

Das Fähnlein war die Straße hinabgeritten und über die Zugbrücke mit dumpf dröhnenden Hufen in der Niederburg verschwunden.

Die Marienburger aber standen in erregten Gruppen, das unglückliche Ereignis besprechend. Jeder wusste neue Schändlichkeiten und Grausamkeiten der Polen und Litauer, welch letztere noch überdies Heiden waren, zu berichten. Ach! und leider entsprachen sie der Wahrheit!

Darüber vergingen Stunden. Nichts weiter ereignete sich. Doch die Marienburger hielten aus und spähten angstvoll die Straße hinab. Niemand dachte an sein Abendbrot. Der Hirsebrei oder die Grütze kochte heut auch der achtsamsten Hausfrau über, und die Katze fraß die Wurst, die schon auf dem Tisch bereit stand.

Die Sonne war indes zur Küste gegangen, nur der blanke Knopf auf der Wetterfahne der Schlosskirche leuchtete noch wie Sold in ihrem letzten Widerschein. Allmählich sank die Dämmerung des langen Sommertages und hüllte den Markt und die breiten Straßenzeilen in ihre grauen, fließenden Schatten.

Da wurde es wieder lebendig. Alle Bürger reckten die Hälse und drängten näher. Vor dem Tor quollen dicke Staubwolken auf. die sich langsam näher heranwälzten. Jetzt drängelte es durch das Tor in wimmelnder Kolonne. Es waren geworbene Landsknechtsfähnlein des Ordens. Hatten die Graumäntler noch militärische Ordnung aufrecht erhalten, hier war alle Ordnung gerissen.

Wieder drängten die Bürger heran und wollten Näheres wissen. Aber die Knechte antworteten grob und abweisend und schimpften auf die Ordensherren. „Verrückt, eine solche Übermacht in offener Feldschlacht bestehen zu wollen! Jetzt habt Ihr den Salat! Wir sind ehrliche Landsknechte und schlagen uns wieder mit Landsknechten. Aber nicht mit leibhaftigen Teufeln. — Heda, ihr Schabhälse? Habt ihr nichts zu essen? Uns hängt der Magen wie ein leerer Sack im Bauch!" Zugleich brach ein großer Teil aus den Gliedern und fiel wie ein Heuschreckenschwarm in die nächsten Häuser ein. Und wenn manche Bürgersfrau ängstlich heimlief, fand sie die ungebetenen Gäste schon an ihrem Tisch sitzen.

Nach dem Fußvolk kam das Fuhrwerk mit holpernden Rädern: auf allen plangedeckten Wagen lagen Schwerverwundete, nur Wimmern und Stöhnen hörte man unter den grauen Leinendächern. Aber noch anderes Fuhrwerk hatte sich angeschlossen, offene Leiterwagen, hochbepackt mit Hausrat und Kornsäcken, darauf Frauen und Kinder, hinterher Herden von Kühen und Schafen. Es waren die flüchtenden Landleute. Das alles wälzte sich, umhüllt von dicken Staubwolken, unter Peitschenknallen und erregtem Geschrei, in dem grauen, unsichtigen Licht der sinkenden Dämmerung die Straße hinab, über den Markt und auf die schützende Ordensburg zu.

Mit immer gespannteren und bängeren Blicken schauten Frau Sturtz und Renate in das in wilder Hast vorüberflutende Gewimmel. Keine von ihnen sprach ein Wort, doch beide hatten nur einen Gedanken: wo blieb er? War Vater nicht mehr dabei?

Da tauchten in der langen Kolonne eine Reihe lediger Pferde auf, alles schwere Zugpferde, von den Fuhrknechten geritten. Renate erkannte das erste, das Schimmelgespann. Das waren die Bespannungen der schweren Geschütze. Ihr Herz klopfte zum Zerspringen. Doch da bog schon ein Gespann aus der Reihe heraus: auf dem Handpferd saß ein kleiner, wohlbeleibter Mann mit freundlichen Zügen und hellen Augen.

„Vater! Da seid ihr!" rief Renate, und Meister Sturtz sprang, sich an dem schweren Geschirr des Pferdes haltend, schwerfällig, ein müder, vom langen Reiten steif gewordener Mann, ab, aufgefangen, geherzt, geküsst von Frau und Tochter.

„Kinder," sagte er, „diesmal kommt's bitter! Wir haben unser Geschütz, wir haben alles verloren. Der Hochmeister ist gefallen! Zu allem andern Unglück sind wir führerlos!" Die anderen standen stumm und sahen sich bleich und fassungslos an.

Ein klagender Laut ließ sie aufschauen. In dem vorüberhastenden Strom von Menschen und

Fuhrwerk war ein junges Weib, das mühsam eine Handkarre schob, auf der auf Bündeln und Kisten die jüngsten Kinder saßen, während die größeren, sich an den Rock der Mutter klammernd, neben, herliefen, plötzlich ohnmächtig zusammen gebrochen. Vor Sturtzes Tür lag sie, mit dem Kopf im Straßenstaub.

„Sie ist allein und benötigt Hilfe," sagte der Meister, „wir können sie nicht einfach liegen lassen."

„Nein! Gewiss nicht!" rief Renate. Schnell bückte sie sich und versuchte die Ohnmächtige aufzurichten. Lothar sprang rasch zu; gemeinsam trugen sie die Ärmste in ihr Haus. Die Kinder trippelten ängstlich hinterdrein und sahen sich in den fremden Räumen, als seien sie in einen Palast versetzt, mit großen, staunenden Augen um.

Meister Sturtz aber, als er sein Heim betreten hatte, sank mit einem schweren Seufzer und den hervorgebrachten Worten: „Mutter! Das war ein furchtbarer Tag, der Tag von Tannenberg!" seiner

Frau in die Arme, der die hellen Tränen über die Wangen liefen.

Draußen war der Strom der Flüchtlinge, der Wagen und Reiter zum Stehen gekommen. Die Burg nahm nichts mehr auf; auf der Zugbrücke staute sich die Kolonne der Fuhrwerke, und damit kam auch auf der Straße alles zum Halten. Die Dunkelheit war inzwischen vollends hereingebrochen; man konnte nichts Genaues mehr erkennen, alles verlor sich Grau in Grau.

Da erhob sich ein wildes Fluchen. Ein paar Gruppen versprengter Landsknechte, die mit ihrem Fuhrwerk, das bis zum Brechen beladen war, mit Lasteseln und Saumtieren in dem Gedränge steckten, wollten sich den Aufenthalt nicht gefallen lassen; sie schimpften und schrien, ja, schlugen mit den Speerschäften auf ihre Vorderleute ein, die doch auch nicht weiterkonnten. Alles war schon an sich erregt und außer sich. Ein Riesenlärm erhob sich.

„Ruhe! Wer stört hier den Stadt- und Burgfrieden?" scholl eine so mächtige und gebietende Stimme über das Gewirr, dass alles schwieg und unwillkürlich innehielt.

Ein Ordensritter lenkte langsam seinen mächtigen Rappen über den Bürgersteig durch die noch immer in hellen Haufen stehenden Zuschauer, um an den Herd des Streites heranzukommen. Es war eine hohe, breitschultrige Gestalt, die der weißleuchtende Ordensmantel umhüllte; ein langer, grauer Schnurrbart deckte seine Oberlippe, und unter dem Stahlhelm blitzten kluge, graue, des Befehlens gewohnte Augen. Es war ein Mann, der auf den ersten Blick Achtung einflößte, dachte Lothar, der sich wieder auf die Straße begeben hatte, aber auch Vertrauen. Etwas Sicheres lag in Ton, Haltung und Blick; es musste außerdem ein wohlmeinender Mann sein, das fühlte man auch durch seine strengen Worte durch.

In seiner Begleitung war noch ein anderer Ritter, ebenfalls ein älterer Bruder, mit scharfgeschnittenem, bartlosem Gesicht. Ein paar Graumäntler bildeten die Begleitung. Sie schienen einen scharfen Ritt hinter sich zu haben, ihre

Pferde waren mit weißem Schaum und Schweiß bedeckt.

„Was geht denn eigentlich hier vor?" fragte der erste Ritter, den seine Abzeichen als Komtur erkennen ließen. Komtur war der Vorsteher eines Bruderkonventes und höchster militärischer Führer wie Verwaltungsbeamter seines Bezirkes, seiner Komturei.

Hundert Stimmen antworteten zugleich; alle wandten sich gegen die Landsknechte.

„Wollt ihr mit euern dicken Köpfen durch die Mauern der Marienburg?" fragte der Komtur die Söldner. „Wartet ab und rennt nicht offene Türen ein! Was habt ihr da überhaupt auf euren Wagen? Da brechen ja beinah die Achsen! Das ist kein Soldatengepäck."

„Geraubt und gestohlen haben sie in den verlassenen Bauernhäusern!" schrien ein paar von den Landleuten und schüttelten die Fäuste.

„So?" sagte der Ritter. „Wer ist euer Führer, ihr traurigen Marodebrüder?"

Keiner meldete sich. „Also ihr seid ohne Führung?" fuhr der Komtur fort. „Habt euern Truppenteil verloren, aber für euren Wanst habt ihr gesorgt!" Er ließ von ein paar Landleuten das Plandach ihres Wagens zurückschlagen. Schinken, Speckseiten, einen abgeschlachteten Hammel fand man gleich oben auf.

„Kuno!" wandte sich der Komtur an einen seiner Sergeanten, „Du bringst die Gesellschaft zu ihrem Fähnlein und übergibst sie ihrem Gruppenführer! Die Vorräte kommen in die Ordensspitalküche für die Kranken und Siechen."

Damit gab er seinem Rappen die Zügel frei und ritt, langsam und vorsichtig, um niemand zu verletzen, mit seinen Begleitern weiter, der Burg zu.

„Wer ist der Komtur?" fragte Lothar einen neben ihm stehenden Bürger. „Ich habe ihn in Marienburg noch nicht gesehen."

„Was — ja, warte mal! — das ist, wenn ich ihn recht erkannt habe, der Komtur von Schwetz, Heinrich von Plauen." antwortete der Bürger. „Ein wackerer Herr, einer von der alten Schule. Und der andere, der Bartlose, ist der Ordensspittler Herr Werner von Tettingen."

Indes hatte sich der ungeheure Tross wieder in Bewegung gesetzt. Der Komtur Heinrich von Plauen gab seinem schweren Rappen die Sporen, auch seine Begleiter trabten an, und einer hinter dem andern ritten sie mit klappernden Hufen an den rasselnden Gespannen vorüber auf das nahe Burgtor zu.

„Gott sei's gedankt," sagte Komtur Heinrich, als sie durch die hallende Torfahrt ritten, „dass unser Hohes Haus noch steht! Mich trieb eine wahnsinnige Unruhe auf dem ganzen Ritt, als könnten wir zu spät kommen. Die Marienburg ist noch in unserer Hand! Noch ist nicht alles verloren!"

„Nein, Bruder!" antwortete der Spittler mit einem warmen Blick aus seinen großen, dunkeln, von dichten Brauen überschatteten Augen; „wo du bist, da ist die Sache des Ordens noch nicht verloren!" Damit ritten sie über den gedrängt vollen Hof der Vorburg, dessen wildes Treiben das flackernde, zuckende Licht von vielen Fackeln und Pechpfannen erleuchtete, und stiegen vor den Ställen aus den Sätteln. Sie durchschritten rasch die Mittelburg, die stolze Residenz des Hochmeisters, und erreichten durch den Zwinger das Hochschloss. Nur die Ritter hatten hier Zutritt und die dienenden Brüder. Hier war's still.

Die beiden Ordensgebietiger gingen durch den unter ihren Tritten widerhallenden Kreuzgang, der den inneren Schlosshof umgibt, vorüber an dem reizenden Brunnen und traten in den großen Kapitelsaal. Nur einige Kerzen erhellten schwach den großen Raum, dessen feines Sterngewölbe auf mächtigen Pfeilern ruhte; über die Wände, die spitzbogigen Joche der Decke, huschte der unruhige, flackernde Lichtschein.

An dem großen Holztisch, der die Mitte des Saales einnahm, in dem hochlehnigen, fein geschnitzten Chorgestühl, das die Wände füllte, saß eine Anzahl Brüder, einige bleich und verwundet, andere noch in ihren staubigen und zerhauenen Rüstungen, —

alle mit niedergeschlagenen und bekümmerten Mienen, rat- und fassungslos, über die ungeheure Niederlage ihres Ordens.

Alle erhoben sich beim Eintritt des Komturs und des Spittlers, auch der junge Bruder von Lossow; dieser mit einer gewissen Lässigkeit und Nichtachtung, die dem scharfen Auge des Komturs Heinrich von Plauen nicht zu entgehen schien. Der Bruder Bernhard von Lossow trug keine Rüstung, sondern nur den Waffenrock und ein kurzes Beinkleid, beides aus einem besseren und feineren Stoff und von gefälligerem Schnitt, als es den strengen Vorschriften entsprach. Auch das umfasste der Komtur mit seinem schnellen, durchdringenden Blick.

„Draußen ist ein Höllenlärm und eine Not all der Quartier suchenden Flüchtlinge." sagte Heinrich. „Und ihr sitzt hier müßig? Wer ist der Gebieter auf der Marienburg?"

Ein alter Ritter trat vor; die Knie zitterten unter der Last seines schweren Körpers, sein faltiges, behäbiges Gesicht war von kupferner Röte. „Ich!"

sagte er, „Bruder Reginald von Bernstedt. Der Komtur ist ins Feld gerückt und, wie ich höre, gefallen, ebenso sein Vertreter, der Hauskomtur. Ich sitze hier mit drei Brüdern, die zu krank waren und zu alt, um mit ins Feld zu ziehen. Dazu kommt Bruder von Lossow, der heut zurückkam, und hier die anderen Brüder."

„Es ist gut!" entgegnete der Komtur. „Als Höchster im Rang übernehme ich hiermit den Oberbefehl. Hast du die Mauern, die Geschütze, Zugbrücke und Außenschanzen nachsehen und in Stand setzen lassen?"

„Wer? Ich?" fragte Bruder Reginald betroffen. „Nein! Ich hatte keinen besonderen Auftrag diesbezüglich. Ich glaube, es ist alles in Ordnung. Ich selbst kann mit meinen 78 Jahren nicht mehr auf den Mauern und Türmen herumklettern, Herr Komtur!"

Heinrich von Plauen maß ihn mit einem prüfenden Blick. „Du bist alt für die Aufgabe, die man dir übertragen hat," sagte er begütigend, „wenn auch noch zu klären wäre, ob Wein und Tafelfreuden dich mehr zum Invaliden gemacht haben als Kreuzzüge und Kriege". Sein Blick flog über die Brüderworte hin. „Ja, meine Brüder," fügte er hinzu, „ganz schuldlos sind wir an dem schweren Schlag, der uns bei Tannenberg getroffen hat, nicht. Ihr habt gekämpft wie Löwen gegen eine hoffnungslose Übermacht. Diesen Ruhm soll euch niemand verkleinern oder verkümmern. Aber schuldig sind wir doch. Wir sind angekränkelt gewesen im Geist. Wer nur in Gedanken die Ehe bricht, hat die Ehe schon gebrochen. So haben wir, viele von uns, die Ordensregeln verletzt. Wer nicht mit der Tat gesündigt hat, hat im Geist gesündigt. Hang zu Wohlleben und Genusssucht hat die alte Zucht und Sittenstrenge untergraben. Wir stehen jetzt am Scheideweg: Erkenntnis und Umkehr, — als Lohn neue Blüte, neues Leben, — oder Fortschlendern auf dem Weg zur Hölle, als Antwort Zusammenbruch und Untergang. Hier, die Marienburg ist der Eckpfeiler unserer Macht. Solange ich lebe und gebiete, wird sie gehalten, und sei's gegen eine Welt von Feinden! Über die Verteidigungsmaßnahmen kann erst morgen entschieden werden, bei Tageslicht. Aber jetzt heißt es Ordnung in das Chaos bringen, die Hungernden speisen und Dürstenden tränken, vor allem die Mutlosen aufrichten. Vorwärts, meine Brüder! Sitzt ihr hier an den Wassern Babylons, — selbst trauernd und mutlos? Sursum corda! Empor die Herzen! Nur den verlässt Gott, der sich selbst verlässt. — Ihr Verwundete geht ins Spital, wir anderen tun unsere Pflicht! Kommt!"

Alle folgten dem Komtur, der schnellen Schrittes und hoch erhobenen Hauptes voranging, hinab zur Vorburg, wo die Verwirrung, das Drängen des Fuhrwerks und der Viehherden, das Fluchen der Männer und Schreien der Weiber, das Weinen und Wimmern der Kinder den Höhepunkt erreicht hatte.

2. Kapitel

Mit leuchtendem Sonnenschein ging der nächste Morgen über der Marienburg auf. Es war ein heißer, hochsommerlicher Tag, der anbrach und schon kurz nach Sonnenaufgang mit bleierner Schwüle auf dem Land lastete. Glatt wie ein Spiegel floss die Nogat dahin; dichte Mückenschwärme spielten in der windstillen Luft, sodass die pfeilschnell über das Wasser hinschiebenden Schwalben reiche Beute fanden; kein Tröpfchen Tau blitzte auf Halmen und Gräsern der Haine und Felder; schwer beugte sich das Vollreife Korn auf schwanken Halmen, und schwer lastete der graue Staub auf allen Wegen und Pfaden.

Heinrich von Plauen stieg mit Werner von Tettingen und dem jungen Bruder Bernhard von Lossow eben von der mächtigen Ringmauer nieder, die mit ihren gewaltigen Quadern die riesige, in drei Abteilungen zerfallende Anlage, die Vor-, die Mittelburg und das ragende Hochschloss umfasste, scharf bewehrt mit Schießscharten, Weichhäusern, wie die halboffenen Türme hießen, und den mächtigen Danskern, kreisrunden Türmen, die für die Ordensburgen kennzeichnend waren.

Man sah es den drei Rittern an, dass diese Nacht kein Schlaf in ihre Augen gekommen war; müde und tiefumrändert blickten diese aus ermatteten Gesichtern.

Im Hof des Mittelschlosses auf einer Bank saß der dicke Bruder Reginald und erwartete die Rückkehr der Gebietiger. Der Kopf war ihm im Halbschlaf auf die Brust gesunken wie ein zu schwerer Kürbis, der seine Auflage auf dem Boden sucht. Als er die sporenklingenden Tritte hörte, fuhr er empor und starrte schläfrig, halb offenen Mundes um sich.

Auf der Stirn des Komturs lag ein düsterer Zug. „Nichts ist in Ordnung!" sagte er. „Es ist erstaunlich, mit welchem Leichtsinn die Brüder des Marienburger Konventes ins Feld gerückt sind! Sämtliche Knechte und die Flüchtlinge sollen heute den ganzen Tag schanzen und scharwerken, um alles zur Verteidigung herzurichten. Die Bürgerschaft soll hinaus auf die Felder, um an Korn zu bergen, was zu bergen geht. Vor allen Dingen aber muss die ganze Stadt heruntergebrannt werden. Sie klebt an unsern Mauern, hindert einerseits das Schussfeld und gibt andererseits dem Feind Gelegenheit, sich dicht unter unseren Wällen einzunisten, ohne dass wir ihm mit unserm schweren Geschütz beikommen können."

„Das ist wohl richtig!" versetzte der von Tettingen. „Aber bedenkst du auch, Bruder Heinrich, was es heißt, eine ganze Bürgerschaft obdachlos zu machen? Was es heißt, wenn den Bürgern zugemutet wird, mitanzusehen, wie wir ihre Häuser, ihr gesamtes Eigentum, das von Vätern und Vorvätern ererbte Gut, an dem sie hängen, ihr Ein und Alles, herunterbrennen? Ich bin der Letzte, der weichlichen Gefühlen hier das Wort reden will. Krieg ist Krieg und verlangt kriegerische Maßnahmen. Aber schätzt du auch das sittliche Gewicht richtig ein, Bruder Heinrich? Verstand und Einsicht beweist das Volk in seiner breiten Schicht nicht mehr als eine Herde Hammel. Einsehen werden sie die Notwendigkeit einer Regierungsmaßnahme nie. Sie beurteilen alles nur aus dem Gesichtswinkel: wie fahre ich dabei? Und bei dieser Maßnahme fahren sie sehr schlecht. Kann da nicht Wut, Verzweiflung, ausbrechende Unbotmäßigkeit einen dicken Strich durch unsere ganze Rechnung machen? Denn der gute Wille des Volkes gehört zum Kriegsführen. Auf einem störrischen Pferd kann man nicht ins Turnier reiten."

„Jawohl, Bruder Tettingen." versetzte Heinrich. „Denselben Gedanken habe ich gehabt und bin doch zu meinem ersten Entschluss gekommen. Die kriegerische Notwendigkeit ist stärker und zwingend. Jede Verteidigung ist aussichtslos, so lange der Feind vor unseren Toren hundert Schlupfwinkel findet. Und die Stadt widersteht seinem übermächtigen Ansturm nicht. Im Westen macht die Nogat einen Angriff schwierig. Wir müssen eine freie Fläche auch vor unsere Landseite legen, dass der Feind nur unter Strömen von Blut an unsere Mauern herankommen kann.

Diese zwingende Notwendigkeit muss den Bürgern einleuchten und ihnen klar gemacht werden."

„Gewiss." antwortete Werner von Tettingen. „Ich hielt es nur für meine Pflicht. dich aufmerksam zu machen. Hast du dich anders entschieden - gut! Einer soll Herr sein! Und der Herr über unser Leben und Sterben bist jetzt du!"

„Ich bin mir meiner Verantwortung wohl bewusst! versetzte der Komtur mit einem Neigen des Hauptes. „Bruder Bernhard," wandte er sich an den jungen Ritter, „gehe in die Stadt, wecke die Bürger. Alle Männer sollen an die Feldarbeit gehen, alle Frauen. Greise, Kinder mit ihrem Hab und Gut auf die Burg kommen. Vor allem geh' zum Meister Sturtz, der mir von früher rühmlichst bekannt ist: er soll alles, was er an Eisen vorrätig hat. sowie sein gesamtes Werkzeug auf die Burg schaffen und sich in der Burgschmiede einrichten."

Bruder Bernhard verbeugte sich.

„Alle sollen sich beeilen!" rief der Komtur ihm nach. „Eile tut vor allem Not, denn der Feind kann noch vor Abend hier sein. — Und nun, Bruder Reginald." fuhr Heinrich, sich zu diesem wendend, fort, „wollen wir noch vor der Frühmesse eine kleine Stärkung nach der durchwachten Nacht suchen."

Bruder Reginald lachte mit zwinkernden Augen. „Herr Komtur," antwortete er, den Zeigefinger erhebend, „können sich in Frühstücksangelegenheiten ganz auf den alten Bruder Reginald verlassen. Zu der Beziehung hat er vorgesorgt und die Marienburg für die längste Belagerung in Stand gesetzt. Noch in den letzten Tagen habe ich alle Zinshühner, Zinseier, Mehl und Butter usw. usw. beitreiben lassen. An Eiern, Butter, frischen Semmeln wird es uns nicht mangeln."

„Wir wollen die leckeren Dinge der Firmarientafel, unseren Kranken und Verwundeten überlassen." entgegnete Heinrich von Plauen kühl und schritt mit Werner zum Hochschloss; etwas betreten und wenig erbaut folgte der alte Bruder Reginald.

Bruder Bernhard schritt indes schnellen, federnden Ganges über die Zugbrücke zur Stadt. Zu tiefem Schweigen lagen noch die sauberen, freundlichen Straßen, all die großen und kleinen Bürgerhäuser. Die Bürgerschaft schien nach der aufregenden Nacht, die sie erst gegen Morgen hatte etwas zur Ruhe kommen lassen, doppelt fest zu schlafen.

Bruder Bernhard klopfte am Markt den Messner heraus. „Vorwärts! Läute Sturm!" rief er hinauf, als ein mit Zipfelmütze bedeckter Kopf oben am schmalen, von kleinen bleigefassten Scheiben vielgeteilten Fenster erschien. „Der Feind ist jede Stunde zu erwarten. Alle Männer sollen an die Erntearbeit, befiehlt der Komtur. Alles Übrige soll sich mit Hab und Gut auf die Burg retten! Vorwärts! Zieh die Sturmglocke, dass die Leute endlich aus ihren dicken Betten finden!"

Oben klirrte das Fenster, in höchster Aufregung zugeworfen, und der junge Ritter schritt über den Markt auf das Haus des Meisters Sturtz zu.

Er fasste zur Türklinke, — sieh da! das Haus war schon offen. Er trat in den dämmerigen Flur. Gleich drüben lag die Küche: er hörte hier das Knacken brechenden Holzes und das Rücken von Töpfen und ging dem Schall nach. Vor dem Herd stand, das Feuer anschürend, Renate. Die braunen Flechten lagen fest geflochten um ihren Scheitel, ein einfaches Kleid mit glattem Mieder umschloss ihre schlanke Gestalt.

„Guten Morgen!" rief der junge Ordensbruder. „Schon so früh unterwegs?"

Sichtlich erschrocken durch die plötzliche Anrede war Renate herumgefahren; ein beruhigtes Lächeln ging über ihre Züge, als sie den Ordensritter erkannte. „Gewiss!" gab sie heiter zur Antwort. „Wir haben Einquartierung im Haus, eine Flüchtlingsfamilie, ein armes Weib mit vier Kindern, der Mann ist beim Ordensheer, Gott weiß wo. Außerdem drei Landsknechte, die noch spät in der Nacht eindrangen, — nicht gerade zu unserer Freude. Sie hätten die paar Schritte bis zur Burg wohl noch gehen können. Es sind dreiste Gäste, die niemand gern sieht."

„Man braucht sie." versetzte Herr von Lossow achselzuckend. „Also höre, mein Täubchen, was ich dir namens des Komturs zu bestellen habe." Er trat neben sie und legte leicht den Arm um ihre Hüfte.

Renate machte sich los. „Was ihr mir zu sagen habt," versetzte sie mit blitzenden Augen, „wird sich auch aus der Entfernung sagen lassen, die euch euer Orden Frauen und Mädchen gegenüber vorschreibt."

Der junge Ordensritter biss sich auf die Lippen und streifte das junge Mädchen mit einem blitzenden Blick. In diesem Augenblick knarrte die Tür, Lothar trat über die Türschwelle.

„Bekomme nicht die Maulsperre, Bursche!" fuhr der Bruder Bernhard ihn an. „Und mach' die Tür zu, am besten von draußen!"

Das tat Lothar nun nicht, sondern trat mit einem trotzigen Ausdruck und einem schnellen Blick in das glühende Gesicht Renates näher.

„Also der Komtur befiehlt," sagte Herr von Lossow, „dass euer Vater mit allem Werkzeug, allen seinen Eisenvorräten usw. sofort in die Burgschmiede übersiedelt. Ebenso ihr mit allem Hab und Gut. Die Stadt wird geräumt und aus Verteidigungsrücksichten abgebrannt."

„Was!" stich Renate hervor und stützte sich schwer auf den Herd. Ganz fassungslos starrte sie den Bruder Lossow an.

„Tut mir leid." versetzte dieser. „Es ist so, wie ich euch gesagt habe. Also rüstet alles und eilt euch. Stündlich kann der Feind hier sein." Er verneigt sich knapp und ging mit klirrenden Sporen.

Renate stand noch immer regungslos an dem gleichen Fleck. Es brauste ihr vor den Ohren. Ihr Haus sollten sie räumen? Ihr Haus sollte abgebrannt werden? Sie verloren ja alles, — ihren Hausrat, ihre Kleider, vor allem die tausend

Gegenstände täglichen Gebrauchs wie behaglichen Überflusses, die das eigene Heim erst lieb und wert machen? Denn was man mitnehmen konnte, war gleich Null.

„Eure Ritter scheinen ja ein scharfes Regiment zu führen." bemerkte Lothar. „Die ganze Stadt wollen sie herunterbrennen, als wenn's ein alter Stall wäre? Das werden sich unsere Bürger nie gefallen lassen."

„Das ist auch noch niemals von uns verlangt worden!" brachte Renate erregt hervor. „Vor hundert Jahren wanderte unser Urgroßvater ein und baute dieses Haus. Hundert Jahre haben Großeltern und Eltern hier gehaust, — und jetzt soll's eine Brandstätte werden!"

Lothar nickte. „Erst wenn man richtig darüber nachdenkt," versetzte er, „wird einem klar, wie schwer das trifft."

Schwere Tritte kamen die Treppe herab; es war der Meister Sturtz und die Meisterin. Der Meister sah frischer aus als gestern und jünger. Er hatte einen Teil der Kriegsstrapazen ausgeschlafen.

„Vater! Wir sollen auf die Burg übersiedeln!" rief Renate ihm entgegen. „Ihr sollt euer ganzes Werkzeug mitnehmen. Die Stadt wird an allen vier Ecken in Brand gesteckt!"

„Gott bewahre mich!" rief der Meister und bekreuzte sich. „Hält man die Gefahr denn für so groß?"

„Die Stadt wird in Brand gesteckt?" wiederholte Frau Sturtz, beinahe stotternd vor Erregung. „Wir sollen zusehen, wie unsere eignen Leute die Brandfackeln in unsere Häuser werfen? Wie unsere Häuser abbrennen? — Unser Haus brennt nicht ab. Ich gehe nicht aus unserem Haus! Lieber lasse ich mich hinaustragen, als dass ich freiwillig ginge! Oder mitverbrennen!"

„Ruhig, Mutter!" mahnte der Meister. „Hundert Jahre steht unser Haus unangefochten im Schutz der Stadtmauer. Warum soll die Stadtmauer es nicht mehr schützen können?"

„Das sind die Mönchsritter!" begehrte Frau Sturtz heftig auf. „Haben nicht Kind, nicht Kegel, nicht Heim, nicht Herd. Sie verursachen viel, was dem Bürger Haus und Hof bedeutet, — was man alles von seinen Eltern und Voreltern ererbt und sich selbst in den langen Jahren seiner Ehe angeschafft hat, das man nicht lassen und aufgeben mag. Unser Haus ist ein Teil von uns selbst. — Die ganze Stadt wollen sie herunterbrennen? Warum denn? Können sie den Feind nicht ebenso gut vor den Mauern der Stadt schlagen wie vor denen der Burg?"

„Ruhig, Mutter!" mahnte der Meister nochmals. „Ganz ohne Grund wird der Orden sich zu einer solchen Maßnahme ja auch nicht entschließen. Zwar ich muss es gestehen, einsehen kann ich's auch nicht!" schloss er in steigender Erregung.

Draußen vom Markt her schollen jetzt dumpfe Tritte und erregte Stimmen; von allen Seiten, von allen Straßen kam die Bürgerschaft in immer größeren und größeren Haufen, während immer noch die hellen, grellen Töne des Sturmläutens über die Dächer schwangen. Niemand dachte daran, an die befohlene Feldarbeit zu gehen oder seine sieben Sachen zu packen. Wie ein aufgeregter Bienenschwarm tobte das Volk. Ihre Stadt wollte man zerstören? Nicht der Feind tat das, nicht der Blitz ließ die Häuser in Flammen aufgehen, — sie selbst sollten sie anzünden, mit eigener Hand? Das war unerhört! Das war zu viel verlangt von den stolzen Ordensrittern! Mochten sie ihre prächtigen Konventshäuser anstecken, wenn sie's danach verlangte oder sie's für nötig hielten. Aber den Bürgern sollten sie so etwas nicht zumuten. Das ging über das Maß, des Erlaubten! Zudem — sie waren freie Männer! Sie hatten da auch ein Wörtchen mitzureden. Sie ließen sich nicht das Dach über dem Kopf einfach wegdekretieren. Ihre Bürgerfreiheit musste geachtet werden.

Immer erregter wurde die Stimmung, immer grimmiger die Reden und erbitterter. Überall nahmen die Hitzköpfe das Wort und redeten sich und ihre eifrig nickende und Beifall spendende Zuhörerschaft in immer größere Wut. Namentlich die Weiber waren voran mit ihren Zungen. Wie Trompetengeschmetter klangen ihre hellen Stimmen aus der Menge.

Auch Lothar war auf den Markt hinausgegangen und hatte ein Weilchen den heftigsten Reden zugehört. Schlimm für die armen Marienburger! dachte er mitleidig: aber Gefahr musste vorliegen, da hatte der Meister recht! Und in ihrer Werkstatt lagen mehrere Wallbüchsen und Geschützrohre, die der Ausbesserung bedurften! Aus Freude an künstlerischer Arbeit hatte Lothar den Kronleuchter in Arbeit genommen. Renates Vorwurf war ganz berechtigt gewesen! Er hatte allerdings nicht gewusst, wie nahe ihnen die Gefahr war. Jetzt aber war keine Zeit zu verlieren. Schnell drehte er sich um und lief nach Hause.

Als er durch den Flur eilte, sah er Renate beschäftigt, im Vorderzimmer Kleider und Wäschestücke aus einem der großen, eisenbeschlagenen Wandschränke zu räumen. Die Lehrjungen waren natürlich auch ausgerissen.

Lothar schürte selbst das Feuer und begann seine Arbeit.

Ein Weilchen hatte er geschmiedet, da klang ein leichter Tritt hinter ihm. Renate war in die Werkstatt getreten.

„Die bestellte Morgensuppe!" sagte sie und stellte ihm den dampfenden Teller auf den Arbeitstisch, an dem Lothar eben am Schraubstock einen feinen Abzug für die Wallbüchse drehte. „Du bist fleißig, während alle andern ausgeflogen sind." fügte sie mit einem freundlichen Lächeln hinzu.

„Ich danke euch, Jungfer Renate!" erwiderte Lothar.

„Für mich ist keine Zeit, draußen den Streit der Meinungen zu hören. Es tut mir schon leid, dass ich die wichtigere Arbeit liegen ließ, um mich der zu widmen, die mir die größere Freude macht und mehr am Herzen liegt. Aber jetzt soll's nachgeholt werden. Denn wenn noch etwas Rettung bringen kann, so sind's die Geschütze."

Wieder traf ihn ein freundlicher Blick. „Recht so!" entgegnete Renate. „Aber erst iss deine Morgensuppe!" Damit ging sie.

Draußen auf dem Markt war plötzlich Ruhe eingetreten.

Unter die immer erregter und wilder sich gebärdende Menge war der Komtur Heinrich von Plauen getreten, begleitet vom Ordensspittler Werner von Tettingen und Bruder Bernhard von Lossow.

Der Komtur stieg auf eine der Fleischbänke, die Verkaufsstände der Marktschlächter, dass er die Menge überragte und seine Worte besser gehört werden konnten. „Liebe Mitbürger!" sprach er in aller Entschlossenheit mit einer lauten, kräftigen und doch so ruhigen Stimme, dass sie allein schon wie Gel auf die erregten Wogen wirkte, „Liebe Mitbürger! Ihr seid erregt und außer euch über das unerhörte Opfer, das ich von euch fordere. Niemand fühlt euch das mehr nach und kann es besser verstehen als ich. Was ich euch zumute, ist eine ungeheure Tat der Selbstüberwindung. Es ist etwas anderes, wenn der Feind die Gehöfte einäschert, ihr habt ganz Recht. Was ihr tun sollt, scheint die Tat eines Herostratos, der mutwillig und ohne Not zerstört. Aber ist es wirklich so? Ich frage jeden denkenden Bürger: was ist euch wichtiger: die Kleider und Truhen, der liebgewordene Hausrat, all das Gerümpel, das ihr seit Generationen in euern Häusern aufgehäuft habt, — oder euer Leben, das Leben eurer Lieben, die Unberührtheit eurer Frauen und Töchter? Denn ihr alle wisst, was es heißt, wenn diese den Feinden, den Polen, den Litauern, diesen eingefleischten Teufeln in die Hände fallen!"

Die letzten, mit scharfer Betonung gesprochenen Worte machten sichtlich Eindruck auf die Bürger.

„Die Gefahr, die uns jetzt droht," fuhr Heinrich von Plauen mit gesteigerter Stimme fort, „ist riesengroß! So groß, wie sie dem Ordensland noch niemals gedroht hat. Ein Heer wälzt sich heran, wie's den Feinden noch nie gelungen war, gegen uns zusammenzubringen. Die Marienburg ist der letzte Halt des Ordens und damit der Deutschen in den Weichsellanden. Mit der Marienburg bricht alles. Von euern Häusern bleibt doch nichts stehen. Nun aber sind diese Häuser ein Schutz für den Feind, ein Schutz gegen unser letztes und größtes Mittel: unsere Kanonen. Wir können diese nicht voll gebrauchen, solange die Stadt steht. Wie ein schwaches, ohnmächtiges Weib an dem Arm des Kriegers, ihn hindernd, lähmend, so hängt sich die Stadt an unsere Burg. Darum fordere ich, so leid es mir tut, und so schwer es mir wird: sie muss fort! Die Stunde der Not gebietet es!"

Der Komtur hatte seine Stimme aufs äußerste erhoben. Da war keiner, auch der Erregteste nicht, der sich dem Nachdruck dieser Worte hätte entziehen können. Tiefe Stille herrschte im Volk.

„Nun seht eure niederen Mauern an!" fuhr Heinrich von Plauen fort, „leicht muss es dem Feind bei seiner Riesenzahl gelingen, diese zu überrennen, auf Sturmleitern zu ersteigen. Wer von euch in seinem Haus bleibt, ist ein Kind des Todes, eines qualvollen, bestialischen Hinmordens. Jeder von euch weiß das, jeder kennt den Feind!

Demgegenüber blickt auf unsere Burg! Diese riesigen Mauern ersteigt kein Feind. Dort in unseren quadergefügten Kasematten seid ihr sicher wie in Abrahams Schoß. Wie in der Arche Noah sind wir dort der Sintflut der Feinde gewachsen. Und die Taube mit dem Ölzweig des Friedens wird den Weg zu uns finden. Seid tapfer, seid treu, seid gehorsam eurer Obrigkeit! Was sie von euch fordert, ist tatsächlich eure einzige Rettung!

Und Gott der Herr, der keinen tapferen Mann verlässt wird mit uns sein!"

Mit blitzenden Augen überflog Heinich die vor ihm versammelte Bürgerschaft. Kein Wort der Erwiderung fiel, all die lauten Redner waren still geworden.

„Ich erwarte also," schloss er mit ruhiger, aber klingender Stimme, „dass meinen Befehlen Folge geleistet wird. Geht jetzt an die Feldarbeit! Mit dem Vesperlauten ist alles auf der Burg!"

Ein Murmeln ging durch die Reihen der Bürger; einer nach dem anderen zog die Kappe vor dem Komtur. Es leerte sich der Markt. Mit Sense und Forke über der Schulter zogen sie in Scharen zum Tor hinaus.

Der ganze Tag ging in einer riesigen Unruhe hin. Da war ein Laufen, ein Fahren mit Wagen. Hand- und Schubkarren zwischen der Burg und der Stadt, wie man es noch nicht gesehen hatte. Und kaum war eine Hausfrau mit dem Gepäck in der Burg angelangt, so fiel ihr ein, dass sie das Unentbehrlichste noch vergessen hatte und sie rannte noch einmal zur Stadt, es zu holen.

Die Brüder hatten alle Hände voll zu tun. dem Wirrwarr zu steuern. Die Flüchtlinge vom Land waren kaum notdürftig untergebracht, jetzt erfolgte dieser neue Ansturm Die ungeheuren Kasematten und Räume der Burg füllten sich mehr und mehr mit Weibern und Kindern, die Stallungen mit dem mitgebrachten Vieh, den Kühen, Schafen, Ziegen und Schweinen. Dazu kamen ununterbrochen den ganzen Tag über

Versprengte, einzeln, in Trupps, in geschlossenen Fähnlein, Landsknechte, Graumäntler dritter entlegener Ordensburgen. Und alle wollten untergebracht, wollten gespeist sein.

Die Seele des Ganzen war der Komtur Heinrich. Er schien überall zugleich zu sein. Er verwies dem Bruder Bernhard den herrischen, hochfahrenden Ton; er wies den Bruder an, einen gewissen Raum zu überwachen; er schonte Reserven, bevorzugte das Teilen. Und wo seine gebietende Gestalt erschien, fügte sich alles; die Streitenden ließen von einander ab, die Klagenden verstummten.

Auch Frau Sturtz und Renate waren mit hochbepacktem Wagen, der den wertvollsten Hausrat enthielt, auf die Burg gezogen. Der Meister mit Lothar und den Lehrlingen war in der Werkstatt geblieben, um die Geschütze und Wallbüchsen fertig zu machen. Gegen Vesper war dies getan. Da packten auch sie ihr Werkzeug und alles Roh- und geschmiedete Eisen auf und zogen zur Burg.

An allen Ecken der Stadt waren bereits Sergeanten geschäftig; sie türmten Stroh- und Reisighaufen und begossen sie mit Pech, um den Riesenbrand zu entfachen. Von den Feldern kamen die Schnitter. Es war gelungen, den größten Teil der Ernte zu schneiden und in Bündeln zu setzen. Wenn der Feind nur einige Tage noch verzog, konnte man bei dem heißen, trockenen Wetter die Ernte hereinholen und dem Feind nicht mehr strotzende Kornfelder, sondern nur kahle Stoppeln überlasten.

Gegen Sonnenuntergang gab der Komtur Befehl, die Stadt in Brand zu stecken. Es war ein schöner, wolkenloser Abend; ein heftiger Westwind hatte sich ausgemacht, der Rauch und Funken von der Burg forttreiben musste.

Die ganze Bürgerschaft stand auf der Mauer und beobachtete das sich entwickelnde Schauspiel. Man sah die Graumäntler mit brennenden Lunten durch die Straßen laufen; schon züngelten hier und da Flammen auf, hier und da liefen sie schon wie feurige Schlangen an den Häusern hin, oder schlug eine dicke, rote Feuergarbe zum Himmel, wenn einer der mächtigen, mit Pech begossenen Strohdiemen in Flammen aufging.

Der Wind war der beste Bundesgenosse. Er streute einen feurigen Regen über die ganze Stadt, überall begann es in den trockenen, von der Sommerhitze ausgedörrten Dachsparren und Giebeln zu knistern, überall zuckten Flämmchen und Flammen.

Als die Dunkelheit hereingebrochen war, war die Stadt ein einziges Feuermeer. Himmelhoch lohten die Flammen; der Himmel war gerötet von ihrem Widerschein; dicke, schwarze, schwelende Rauchwolken zogen mit vergiftendem Atem vor dem Winde. Die Luft war erfüllt von dem Pfeifen des Sturms, dem Krachen des Gebälks der in sich zusammenknickenden Häuser. Diese waren zumeist aus Holz gebaut; so hatten die Flammen leichtes Spiel. Gegen Mitternacht stand kein Haus mehr. Nur die Kirchenmauern und hier und da die Wände größerer Häuser ragten aus einem

Trümmerfeld von Schutt und Asche und von glimmendem Gebälk.

Mit der Mitternacht verliefen sich die Zuschauer, die von den hohen Mauern der Marienburg herab dem schaurig schönen Schauspiel zugesehen hatten. Die Familien fanden sich in den großen Kasematten, in den riesigen Fremdenräumen der Burg, den sogenannten Gastkammern, und wo sie sonst dorfweise und nach ihren Stadtgemeinden geordnet einquartiert worden, wieder zusammen. Die Spannung, die die Unruhe, die Arbeit und Hast des Tages erzeugt, war verflogen. Doppelt trat der Rückschlag ein, jetzt, wo man jede Bequemlichkeit, selbst ein ruhiges Nachtlager, sein eigenes Bett entbehre, sich mit einer Strohschütte, auf der alles in langer Reihe hingestreckt lag, — die Männer in einem Raum, Frauen und Kinder in einem anderen, — begnügen musste.

Auch der Meister Sturtz mit seiner Familie war in einer solchen großen Kasematte untergebracht worden. Die niedere Wölbung des Raumes erhellte eine einzige, an einer Kette schwankende Laterne;

dunkle Schatten lauerten in den Ecken. In einer solchen Ecke hatten Frau Sturtz und Renate aus dem mitgebrachten Hausrat einen Verschlag abgeteilt, der ein leidlich wohnliches Zimmer darstellte. Auch ihre Betten hatten dort aufgestellt werden können. Lothar mit den Lehrlingen schlief drüben in der Männerabteilung auf gemeinsamer Streu.

Als die Familie, der Meister mit seiner Frau und Tochter allein war, brach auch der letzte Rest von Fassung, den sie bisher noch notdürftig aufrecht erhalten hatten, zusammen. Das Gefühl des Verlassenseins, der Haltlosigkeit, entwurzelt zu sein, überkam sie mit einer unwiderstehlichen Macht. Renate sank stumm auf einen Stuhl und starrte trostlos vor sich hin. Frau Sturtz aber schlang beide Arme um den Nacken ihres Mannes und flüsterte plötzlich unter heißen Tränen: „Vater, Vater! Wir sind heimatlos! Was soll werden?"

„Wir haben ja noch uns!" versetzte der Meister, mit einem Versuch, seine Fassung zu behaupten;

aber auch ihm zuckten die Lippen, und ein trostloses Gefühl schnürte ihm das Herz zusammen.

Oben aber im Hochschloss, in einem der Schlafsäle der Brüder stand Komtur Heinrich und sah durch das schmale, vergitterte Fenster auf die schwarze, schwelende Brandstätte dort unten. Aus zufriedenen, bodenständigen Bürgern waren über Nacht unzufriedene, unstete, von ihrer Scholle losgerissene Flüchtlinge geworden. Würde es möglich sein, diese Masse arbeits- und beschäftigungsloser Menschen, auf so engem Raum zusammengedrängt, während einer vielleicht langen Belagerung in Zucht und Ordnung zu halten? Würden nicht Krankheiten einreihen? Wären die Bürger nicht doch besser in ihren Häusern aufgehoben gewesen, wo sie ihre Arbeit, wie ihre gewohnte Bequemlichkeit gehabt hätten? War seine Mahnregel nicht doch zu scharf und einschneidend gewesen und würde sie nicht unheilvoll auf ihn zurückfallen? So klar die militärische Notwendigkeit ihm vor Augen gestanden hatte, so klar war ihm das Schicksal des

Volkes bei einer Erstürmung gewesen, jetzt in der Stille der Nacht, bei dem Anblick der schwelenden Brandstätte hoben die Zweifel ihr Haupt.

Gleichviel! Heinrich richtete sich auf. Es war geschehen, jetzt hieß es durchhalten. Führer sein heißt unbeugsam sein. Unbeugsam in der Verfolgung seines Ziels. Dies Ziel hieß Behauptung der Heimat in den Weichsellanden. Die Stadt ließ sich wieder aufbauen. Wenn die Bürger aber dort unten erschlagen unter den Trümmern ihrer Häuser gelegen hätten, und das Unglück wäre veranlasst worden durch seine Weichmütigkeit, die den einzig richtigen Entschluss verhindert, — dann hätte er sich Vorwürfe zu machen, so nicht! So hieß es nur den betretenen Weg weiter gehen, ohne Wanken und Schwanken, — und alles würde gut!

Für einige Stunden kehrte allmählich Ruhe in die überfüllten Räume der Marienburg ein. Auch den Aufgeregtesten schloss die natürliche Ermüdung die Lider.

Mit Sonnenaufgang läutete die Glocke der Schlosskirche zur Vigilie. Die Türen der Schlafsäle öffneten sich, und die Ritter gingen zur Andacht; hell leuchteten ihre weißen Mäntel in dem dämmerigen Kreuzgang und im Schiff der mächtigen Schlosskirche, in dem die hohen Altarkerzen mit ihrem flackernden Schein ein ungewisses, magisches Licht verbreiteten.

Nach dem Gottesdienst versammelte Heinrich die Brüder im inneren Schlosshof um sich. „Hauptsache ist Arbeit!" sagte er. „Die Bürger und Bauern dürfen nicht zum Nachdenken über ihre traurige Lage kommen. Für Beschäftigung ist gesorgt. Alle reisige Mannschaft arbeitet an der Befestigung, alle bürgerliche Bevölkerung an der Hereinbringung der Ernte. Es ist außerordentlich wichtig, dass der Feind nur kahle Felder findet. Diese Arbeit muss militärisch gedeckt werden. Zwei Fähnlein Landsknechte besetzen die Landstraßen. Bruder Bernhard, du führst eine Streifschar von 20 Pferden gegen den Feind, seinen Anmarsch festzustellen."

Die Ritter verbeugten sich, die Hand auf die Brust legend, und jeder ging auf seinen Posten.

Bald war alles in reger Tätigkeit. Auf der Burg wurden die Geschütze in Stellung gebracht, die Steinkugeln in hohen Pyramiden dabei aufgesetzt, der Wall hier und da frisch abgestochen, das Schussfeld freigelegt, wo etwa Schuppen, Obstbäume und andere Hindernisse entstanden waren; ebenso wurden die Brunnen in der näheren Umgebung verschüttet. Auf den Feldern aber war die Ernte in vollem Gang. Die Garben wurden aufgebunden, die Erntewagen rollten im scharfen Trab über das Feld, um hochbeladen, schwankend unter der Last des goldenen Kornes zurückzufahren. Wenn auch das Korn noch ein bisschen frisch war, man holte es lieber etwas klamm herein, als dass man es dem Feind überließ.

Am Spätnachmittag kehrte Bruder Bernhard mit seiner Streifschar zurück. Der Komtur, der gerade die Feldwachen besichtigt hatte und den rüstigen Fortgang der Erntearbeit beobachtete, ritt ihm entgegen. Der Feind sei noch weitab, lautete der

Bericht. Die Polen seien trunken von ihrem Sieg und mehr auf Plünderung als schnellen Vormarsch bedacht. Kein Dorf, kein Gehöft ließen sie aus. Niedergebrannte Dörfer und rauchende Trümmer bezeichneten ihren Weg.

Heinrich nickte, in Gedanken. „Nur einige Tage noch Zeit!" murmelte er. „Und unsere Aussichten bessern sich um so viel, während sich die der Feinde verschlechtern. Herr Gott mit deinen himmlischen Heerscharen, stehe uns bei!" Die Hände über der Mähne seines Pferdes gefaltet, ritt er langsam im Abenddämmern zur Marienburg zurück, während die sinkende Sonne mit ihren letzten Strahlen die herrliche Burg in milde, violette Farbentöne wie in einen Krönungsmantel hüllte.

Meister Sturtz hatte mit Lothar den ganzen Tag in der Burgschmiede gearbeitet. Wallbüchsen und Geschütze waren instand gesetzt, aber an Helmen, Kettenhemden, Armbrüsten und Spießen war noch viel Arbeit; immer neues Rüstzeug wurde ihnen herangeschleppt.

„Wir wollen jetzt auch Feierabend machen." sagte der Meister und lehnte seinen Schmiedehammer in die Ecke. Die beiden gingen hinüber in ihre Kasematte. In ihrer einstweiligen Stube hatte die Meisterin den Tisch gedeckt, während Renate das Essen aus der Burgküche geholt hatte. Es wurde für alle gemeinsam gekocht, da es den einzelnen Familien an Kochgelegenheiten fehlte.

„Eine schreckliche Wirtschaft vor der Küche!" sagte Renate. „Ein Gedränge und Stoßen, ganz furchtbar! Fast eine Stunde musste ich warten." Aber das Essen war gut, sogar sehr gut, und das versöhnte die Mehrzahl der Einquartierten mit der Unbequemlichkeit, es zu erlangen.

Nach dem Abendbrot gingen Lothar und Renate etwas ins Freie. Wenn auch die dicken Mauern der Kasematte die Sommerhitze abhielten, es war doch stickig in dem Raum, in dem so viel Menschen zusammengepfercht waren. Das Burgtor war noch geöffnet. So gingen die beiden über die Zugbrücke und lagerten sich auf dem Außenwall in das grüne Gras. Man hatte von hier einen weiten Blick über den mächtigen Fluss, dessen Fluten in ein immer unsichtiger werdendes Stahlgrau sanken, und in die weite Niederung, über deren saftigem Grün sanfte Abendnebel stiegen.

„Das erinnert mich ganz an meine Heimat," sagte Lothar, „an den Niederrhein mit seinen weiten, mächtigen Wasserflächen. Und es ist doch so weit davon weg, ganz Deutschland liegt dazwischen. Wenn meine Mutter wüsste, dass ich hier am äußersten Ende von Deutschland, gegen die Polen stehe!"

„Weiß deine Mutter gar nicht, wo du bist?" fragte Renate.

„Ich hoffe." erwiderte Lothar. „Ich habe ihr durch einen Kölner Schiffer einen Brief zugestellt. Ob sie ihn schon hat, ist eine andere Frage. Sonst weiß sie nur, dass ich in Lübeck gearbeitet habe. Dass ich eine Schiffsgelegenheit in Richtung Osten suchte, habe ich ihr damals verschwiegen. Sie fürchtet die Ferne und die Seefahrt ganz im Besonderen."

„Hast du noch Geschwister daheim?" fragte Renate.

„Einen ganzen Haufen!" lachte Lothar. „Vier Brüder und zwei Schwestern. Wäre sonst nicht so weit in die Welt gefahren, sondern hätte mich in das schöne Geschäft meines Vaters — er war Kupferschmied — gesetzt. Mein ältester Bruder hat dies Handwerk gelernt und ist sein Nachfolger. Wir andern sind Nestflüchter, Zugvögel. Müssen sehen, wo wir uns selber ein Nest bauen!" Und er sang mit einer angenehmen Stimme:

„So frei wie die Schwalbe zieh' ich durch die Lande, und sehe, wo es mir wohl am besten gefällt! Tandaradei! Und find' ich ein Häuschen, so traulich und fein, da bau' ich am Giebel mein Nestelein. Tandaradei!

Da soll mich vertreiben kein Winter, kein Leid, — da will ich wohl bleiben für alle Zeit! Tandaradet!" Renate lächelte, ein freundliches, liebenswürdiges Lächeln. Gleich darauf wurde sie ernst. „So wie dir," entgegnete sie, „so ergeht es uns, seit gestern unser Haus in Asche gesunken ist. Man kann sich noch gar nicht an den Gedanken gewöhnen, dass man nichts hat, wohin man sein Haupt legt."

Lothar sah ihr tief in die Augen. „Also leben wir wie die Lilien auf dem Feld." erwiderte er. „Sie säen nicht und sie ernten nicht, und Gott der Herr ernährt sie doch. In, übrigen tröstet euch, Jungfer Renate. Euer Haus wird am selben Fleck wieder erstehen, neuer und schöner, als es gewesen ist. Der Orden, der die Wunde schlug, wird sie auch heilen. Vorausgesetzt, dass er obsiegt."

„Vorausgesetzt, dass er obsiegt!" wiederholte Renate mit Betonung.

Beiden jungen Leuten stand die ungeheure Kriegsgefahr, die ihnen und allem, was deutsch hieß, drohte, wieder schreckhaft vor Augen. Diese Mauern waren der letzte Schutz, der sich ihnen bot, ihnen Leben und Zukunft allein verbürgte.

Es war indes ganz dunkel geworden; grau lag die breit strömende Nogat, grau die fernen Heiden. Über diesen stieg an mehreren Stellen leuchtender Feuerschein auf, der den Himmel rot färbte.

„Sie kommen." sagte Renate, mit der Hand dorthin deutend. „Das find die Vorboten der Polen."

Oben auf dem Torturm öffnete sich die Luke, der Türmer trat heraus und blies den Abendchoral in die stille Nacht.

Lothar und Renate erhoben sich und eilten durch das Burgtor, das der Sergeant der Torwache hinter ihnen schloss und mit dem großen Sperrbalken sicher verwahrte.

Auch am nächsten Tag gingen die Erntearbeiten rüstig voran, das Korn war beinah ganz trocken. Als die Sonne sich im Westen neigte, strebten die letzten Fuder hochgetürmt und mit dem Erntekranz geschmückt, den man auch in diesen schweren Zeiten nicht missen mochte, der Marienburg zu.

Da jagte auf schaumbedecktem Pferd ein Sergeant von den vorgeschobenen Abteilungen, die heut Komtur Heinrich selbst führte, heran. „Die Polen kommen! Alles in die Burg! Menschen, Pferde und Vieh!" So lautete der Befehl, den er überbrachte.

Von allen Seiten eilten Erntearbeiter und Fuhrwerke in die schützenden Tore. Wieder sammelte sich alles in banger Erwartung auf der Mauer und spähte scharfen Auges in die Landschaft. Auf den großen Straßen, die zur Marienburg führten, stiegen ungeheure Staubwolken auf, die schwer und dick in der stillen Luft lagerten. Kleine Wölkchen liefen ihnen voran wie erste Wellen vor der Windsbraut, Wolken, die unter den Hufen eilig galoppierender Pferde aufquollen. Das waren die vorgeschobenen Abteilungen unter dem Komtur. Man erkannte, als sie näher kamen, die leuchtenden Ordensmäntel über den matt schimmernden Rüstungen.

Als einer der letzten, mit der Nachhut ritt Heinrich in die Burg, deren Tor sich knarrend schloss, während die Zugbrücke, von gewaltigen Ketten gehoben, aufgezogen wurde.

Eine Stunde verging, alles stand wie gebannt auf der Mauer. Da wälzten sich die feindlichen Heere heran. Als erste kamen leichte, berittene Bogenschützen, die auf flinken Pferden heranschwärmten.

„Frauen und Kinder von der Mauer und in die Kasematten!" kam der Befehl! „Alles in Verteidigungsstellung!"

Doch der Feind machte keinen Angriff. Die Bogenschützen blieben in gemessener Entfernung. Umsonst hielten die Verteidiger ihre Armbrüste gespannt und die Spieße bereit.

Dann kam das Heer heran, in unabsehbaren Kolonnen. Alle zogen außer Schussweite vorbei, sich rings um die Burg verteilend. Man sah nur ungeheure Staubwolken, die wie ein verbergender Nebel über diesem lebendigen Strom von Menschen, Reitern, Fuhrwerken und Saumtieren hingen. Zuweilen klangen abgerissene Töne einer feurigen Musik und schmetternde Signale herüber. Und immer fort rollte dieser Strom mit seinen eisernen Wagen, — stundenlang, bis es völlig Nacht geworden war. Da wurde es auch draußen stumm und still. Nur die Lagerfeuer leuchteten auf, wie die Glühwürmchen, auf den Feldern, auf den Wiesen, diesseits wie jenseits des Stromes.

Die Posten auf der Burg wurden verstärkt. Alle 20 Schritt stand ein Mann in klirrendem Eisen und spähte angestrengt in die Nacht. Über einen größeren Abschnitt war immer ein Ritter gesetzt, der die Posten zu beaufsichtigen hatte. Unablässig schritten die Wachhabenden die Wehrgänge entlang und die schmalen Wendeltreppen der Türme hinauf und hinab.

So war man wohl gut bewacht, und es war nichts für die Bürg zu befürchten. Trotzdem kam in die Augen der Wenigsten der Schlaf. Zu groß war die Aufregung, der Schreck, den der Anmarsch dieses riesigen, alle, auch die kühnsten Darstellungen übertreffenden Heeres erzeugt, — zu neu das Gefühl, als Belagerte in diesen Mauern eingeschlossen zu sitzen, die leicht ihrer aller Grabgewölbe werden konnten.

„Johann, schläfst du?" wandte sich Frau Sturtz leise an ihren Ehemann, der sich auch ruhelos auf seinem Lager warf.

„Nein!" antwortete der Meister und drehte sich ihr zu.

„Was denkst du? Werden die Ritter die Marienburg gegen diese Unmengen von Feinden halten können?" fragte Frau Sturtz.

Der Meister unterdrückte einen Seufzer. „Das steht in Gottes Hand!" erwiderte er und fügte hinzu: „Wir stehen alle in Gottes Hand."

„Ja, ja, gewiss!" antwortete Frau Sturtz. „Das fühlt man erst richtig in den Stunden der Not."

„Und er wird's wohl machen." fuhr der Meister fort. „Jedenfalls dürfen wir Vertrauen haben. Unsere Mauern sind fest, Lebensmittel sind auf lange Zeit ausreichend vorhanden, und der Komtur Heinrich von Plauen ist ein Mann, auf den wir wohl bauen können."

Die Meisterin erwiderte nichts, doch sie schien ruhiger.

Mit brennenden Augen, von einer eigentümlichen Unruhe erfüllt, lag auch Renate, blickte in das

Dunkel des Raumes und hörte auf die eigentümliche Unruhe, die die von so vielen Menschen bewohnte Kasematte mit fortwährenden leisen, raschelnden Geräuschen erfüllte.

Ihre Gedanken kehrten zu ihrem gestrigen Abendspaziergang zurück: wieder ging sie in Gedanken mit Lothar hinaus vors Burgtor, in die dämmernde Landschaft. Sie hatte Gefallen an ihm gefunden, vom ersten Tag an. Sie hatte ihn geschätzt als einen Mann, der nicht nur sein Handwerk verstand, sondern der darüber hinaus zu geben hatte, der ein Künstler in seinem Fach war. Der Vater sagte das auch. Gestern war er ihr, eigentlich zum ersten Mal, auch rein menschlich näher getreten. Sie hatte etwas über seine häuslichen Verhältnisse erfahren, sie hatte gesehen, was für ein liebenswürdiges, von innerer Heiterkeit erfülltes Wesen er hatte. Aber ein düsterer Zug des Zornes, der Geringschätzung zog über ihre Stirn, — er besaß eine Eigenschaft, die alle seine unleugbaren Vorzüge in den Schatten stellte und verdunkelte, ja, beinah ausstach: er war kein wehrhafter Mann! Er hatte keinen Mut!

Der leuchtende Sonnenschein, mit dem der nächste Tag wiederum anbrach, verscheuchte die Sorge und Bangnis der Nacht. Mit dem ersten Hahnenschrei waren die Bürger bereits auf den Mauern und beobachteten das draußen im Lager erwachende Leben: Wie die Lagerfeuer geschürt wurden, wie sich alles um die Kochstellen sammelte: wie sie ihre Pferde zur Tränke und zum Schwemmen in die Nogat ritten, deren stillen Spiegel all die unruhigen Hufe zu weißen Schaumkreisen schlugen.

Der Komtur hatte bereits vor Sonnenaufgang einen Rundgang um die Mauer gemacht. Er traf eben den Ordensspittler, der auf dem inneren Burghof sich von einem knappen einen kühlen Trunk aus dem Brunnen schöpfen ließ.

„Tettingen!" sagte Heinrich, „Ich steige auf den Bergfried, um die feindliche Stellung aufzunehmen und die Anlage ihrer Laufgräben, die sie jedenfalls ausheben werden, zu beobachten. Werde wohl ein paar Stunden oben bleiben – falls mich jemand suchen sollte."

„Jawohl!" gab Tettingen zur Antwort. Heinrich ging. Tettingen aber wandte sich an den Knappen und befahl ihm:

„Lauf, mein Jung'! Ich entbiete alle Brüder zu einem außerordentlichen Ordenskonvent!"

Der Knappe lief, und bald versammelten sich die Brüder, stumm und ernst, wie es die Ordensregel vorschrieb, in dem großen Kapitelsaal im Hochschloss und nahmen in dem hochlehnigen Thorgestühl Platz.

Werner von Tettingen trat vor sie. Er stand vor dem Thronsessel des Hochmeisters, doch ohne sich darin niederzulassen.

„Meine Brüder," begann er, „als nächster Gebietiger nach dem Komtur rief ich euch zusammen. Unser Orden ist führerlos. Sein Haupt, der Hochmeister, ist in der unseligen Schlacht von Tannenberg gefallen. In solchen Zeiten wie jetzt, darf aber unser Orden nicht führerlos sein. Ich habe euch zusammengerufen um einen neuen Meister zu küren."

Ein Murmeln ging durch die Reihen der Ritter.

„Ich weise darauf hin," fuhr Tettingen fort, „dass dieser Konvent, der hier versammelt ist, keine ordentliche Vertretung unseres Ordens ist. Viele Brüder sind versprengt, abgeschnitten. Möge eine ordentliche Wahlhandlung ruhigeren Zeiten vorbehalten sein. Es handelt sich jetzt nur darum, zeitweilig einen Vertreter zu wählen, den wir mit der höchsten Macht bekleiden, der die höchste Verantwortung tragen soll und den mit allen Machtmitteln auszustatten, unsere Pflicht ist."

Wieder ging ein Murmeln durch die Reihen der Ritter. „Meine Brüder," fuhr Tettingen mit gesteigerter Stimme fort, „nur einer unter uns kann für diesen hohen Posten in Frage kommen, - nur einer hat sich in diesen Tagen des Zusammenbruchs, der Ratlosigkeit und Verwirrung bewährt. — hat gestanden wie ein Fels in der brausenden Flut, — hat gezeigt, dass er uns allen überlegen ist durch klaren Blick, durch Tatkraft und Festigkeit. Das ist der Komtur Heinrich von Plauen. Ihn schlage ich zum stellvertretenden Hochmeister vor!"

Das Murmeln in den Reihen der Ritter verstärkte sich: man besprach sich leise, namentlich Bruder Bernhard und den alten Bruder Reginald sah man geschäftig.

„Hat jemand gegen die Wahl oder die Person des zur Wahl Gestellten etwas vorzubringen?" fragte Tettingen.

Da meldete sich Bernhard von Lossow zum Wort.

„Herr Spittler," sagte er. „wenn ich als einer der Jüngsten hier das Wort ergreife, so leitet mich nicht eitler Sinn, sondern der Gedanke, dass unser Orden, der — keiner wird das leugnen wollen — in den alten Formeln hergebrachter Schranken erstarrt ist, eines Neubaus bedarf. Und bei einem Neubau ziemt auch der Jugend das Wort."

„Sprich frei vom Herzen!" entgegnete Tettingen.

Bernhard neigte das Haupt. „Ich komme zur Person des zur Wahl Gestellten." fuhr er fort. „Keiner wird bestreiten, dass Komtur Heinrich in diesen Tagen der Ratlosigkeit sein Bestes gegeben hat und weiter geben wird. Als Gebietiger und Verteidiger dieser Burg, da steht er an seinem Fleck. Aber zum stellvertretenden Höchstgebietiger sollen wir ihn wählen. Das soll ein Mann sein, in dem der Geist unsers Ordens, der Geist unserer Zeit lebendig ist. Der Orden ist als Regent großer und weiter Ländergebiete über die kleinen und engen Bestimmungen der Selbstbeschränkung, die uns vielfach so eng umschnüren, dass die Persönlichkeit, der Einzelne, der freie Mann in uns erstickt wird, hinausgewachsen. Wir brauchen einen Mann von großem Sinn, der über das Kleinliche fortsieht. Komtur Heinrich ist leider! ein solcher Mann nicht! Er ist ein kleinlicher Mann. der an der Formel klebt, in dieser im Grund seines Herzens alles Heil erblickt. Mich hat er z. B. zur Rede gestellt wegen des Schnittes meiner Kleidung, er hat mich gemaßregelt wegen des Tones, den ich dem Bürger und Bauern gegenüber anschlug."

„Das sind persönliche Angelegenheiten!" fuhr Werner o. Tettingen heftig auf. „Sie sind mit der Wahl nicht zu verquicken. Ich hätte dir bessere Einsicht zugetraut, Bruder Lossow! Daß ein Ordensgebietiger auf die Ordensregel hält, ist seine Pflicht. Hast du weiter nichts vorzubringen, so entziehe ich dir das Wort."

Der alte Bruder Reginald hatte sich erhoben. „Ich, als einer der Ältesten," begann er, unter heftigen Handbewegungen, „habe ein Recht, an erster Stelle gehört zu werden. Ich muss mich auf den gleichen Standpunkt wie Bruder Bernhard stellen. Ich liebe den Komtur Heinrich nicht, ich liebe die finsteren Asketen nicht, die wie Drachen auf den Schätzen brüten, ohne sie zu nutzen. Was heißt das, den Wein lagern und nicht trinken? Die Zinseier erheben und nicht essen? Aber alles auf die Firmarientafel? Es ist wichtig, dass die Kranken gesund werden, aber ebenso wichtig, dass die Gesunden nicht krank werden. Und dazu müssen sie essen und trinken, und gut essen und trinken. Und, Kinder," Bruder Reginald hob beschwörend beide Hände, „es ist ja da!"

Viele lachten laut bei dieser naiven Beweisführung, aber Tettingen fuhr auf. „Schweig, alter Schlemmer!" rief er. „Es ist unwürdig, unsere Zeit mit Narrenpossen zu vertrödeln. Nur wer zur Sache zu reden hat, soll sich zum Wort melden."

Da stand ein alter, bärtiger Ritter auf, Bruder Udo von Winkelfaß. „Ich gebe meine Stimme dem Komtur Heinrich von Plauen!" sagte er kurz. „Wer meine Wahl teilt, erhebe sich von seinem Sitz." Die Mehrzahl der Ritter erhob sich von ihren Plätzen.

„Komtur Heinrich von Plauen ist gewählt!" entschied Tettingen. „Ernennt eine Abordnung, die dem Komtur Mitteilung macht."

Tettingen und Udo von Winkelsast wurden hierzu bestimmt.

Beide stiegen zum Bergfried hinauf und trafen Heinrich oben, wie er auf einem Stück Pargament die Gräben einzeichnete, die die Polen gegen die

Marienburg vortrieben. Überall sah man Spaten und Schaufeln blitzen und Bastionen und Erdwerke entstehen.

„Ich habe mir erlaubt." sagte Werner, „ohne dein Befragen ein Kapitel zu berufen. Der Orden ist, nachdem der Hochmeister bei Tannenberg gefallen ist, verwaist. Gerade in solchen Zeiten tut ihm ein Führer not. Zu diesem, zum stellvertretenden Hochmeister, bis ruhigere Tage diese Wahl bestätigen mögen, wählten wir dich!"

Heinrich war zusammengefahren, fast erschrocken. „Meine Brüder," sagte er, „ihr habt mich zum Verteidiger dieser Burg bestellt. Das genügt. Doch was darüber ist, das ist vom Übel. Ich fühle mich einer solch hohen Auszeichnung nicht würdig."

Tettingen schüttelte den Kopf, beinah zornig. „Du bist dieser Auszeichnung für würdig befunden worden!" entgegnete er mit Nachdruck. „Vox populi vox dei, die Stimme des Volkes ist die Stimme des Herrn."

Heinrich von Plauen hatte das Haupt tief auf die Brust gesenkt. „Wohlan denn!" sagte er mit fester Stimme, „Wenn es denn euer Wille ist! In Treuen will ich mein Amt verwalten."

3. Kapitel

Die ersten Wochen der Belagerung waren vorüber. Einen großen Angriff hatten die Polen noch nicht angesetzt. Sie hatten Laufgräben und Schanzen gebaut, aber einen lebhaften Kleinkrieg hatten sie begonnen. Überall auf den Wiesen, an den Hainen lagen ihre Bogenschützen im Versteck, und wo nur ein Arm, ein Kopf auf der Mauer sich zeigte, dorthin flogen ihre schnellen Pfeile. Täglich hatte man auf der Burg Verwundete, mitunter auch Tote. Im Abenddunkel, vor Tagesgrauen waren plötzliche Überfälle auf die Außenwerke an der Tagesordnung. Aber die Besatzungen waren auf der Hut. Nicht einen Schritt breit Boden hatten die Polen gewonnen, nichts war ihnen bis jetzt geglückt.

Lothar und Meister Sturzt hatten schwere Arbeit. Den ganzen Tag, oft noch in den späten Abendstunden standen sie vor dem heißen Feuer und schmiedeten an Waffen und Rüstzeug. Während der Kämpfe gehörten sie zu der

Besatzung der großen Batterie, die auf der Mittelburg aufgestellt war, zwei schweren 24pfündern. Das eine Geschütz führte Meister Sturtz, das andere Lothar. Bisher hatten sie allerdings mit ihren mächtigen Donnerbüchsen nichts anderes getan als sie sorgfältig geölt; in die Kämpfe einzugreifen, hatten sie keine Gelegenheit gehabt. Die Polen hatten diesen Teil der Burg gemieden. Doch alarmiert wurden auch sie stets, wenn ein Angriff einsetzte. So waren sie Tag und Nacht in Atem und Bewegung.

Wieder klang die Feierabendglocke über die weiten Baulichkeiten der Burg. Die Knechte, die in den Türmen und auf der Mauer Posten standen, schauten sehnsüchtig nach ihrer Ablösung aus, und die große Zahl der Bürger und geflüchteten Landleute schauten ebenso sehnsüchtig nach ihren Frauen, die mit den Essschüsseln aus der Burgküche kamen. Zu arbeiten hatte man zwar nichts, man brauchte also auf die Feierabendglocke nicht zu warten, aber hungrig wird man schließlich, auch wenn man nichts tut. Eigentlich wurde die Sache langweilig. Diese ewigen Alarme, meist zu nachtschlafender Zeit, spannten ab: erreicht wurde doch nichts von den Polen, aber sie hielten die deutsche Besatzung andauernd in Atem und matteten sie ab. Lieber wollte man arbeiten, als so seine Tage vergeuden und sich die Nächte obendrein um die Ohren schlagen, sprachen viele.

Meister Sturtz und Lothar legten ihr Handwerkszeug beiseite und gingen ebenfalls zum Abendessen. Eben kam Renate mit dem schweren Essenseimer von der anderen Seite.

Lothar grüßte freundlich. Die jungen Leute waren sich nach jenem Abendspaziergang entschieden wieder näher getreten. Renate war freundlich zu ihm, aber etwas stand doch zwischen ihnen oder trat zwischen sie, namentlich wenn die Rede auf die Belagerungskämpfe kam, das fühlte Lothar wohl heraus. Er fing auch an zu verstehen, was sie bewegte. Diese Ostmärker waren ein kampfgewohntes Geschlecht, ewig tobten die Grenzkriege. Vater und Großvater hatten gegen den Erzfeind, die Polen und die heidnischen

Völkerschaften ringsum die Waffen getragen; hier verließ sich niemand auf Mietlinge und Knechte, hier diente jeder selbst mit der Waffe. Lothar hatte sich in Renates Augen bitter geschadet, als er bei Aufgebot des Heerbanns, fremd der Landessitte, zurückgeblieben war. Dies fraß ihm jetzt am Herzen, je mehr sie's ihm antat, die herbe Jungfräulichkeit ihres Wesens ihn in ihren Bann zog. — So freute er sich jetzt beim Geschütz zu dienen; er hoffte ihr noch zu zeigen, dass er keine Bangbüchse war, wofür sie ihn im Stillen wohl gar hielt.

„Wann werdet ihr denn nun eure Donnerbüchsen einmal sprechen lassen?" fragte Renate, als sie die Suppe auf die Teller füllte. „Ich bin schon seit langem begierig, den furchtbaren Knall zu hören. Aber ihr tut mir den Gefallen nicht. Ihr ölt und putzt an euern Stücken herum, als wenn es eure Puppen und Lieblingsspielzeug wäre, das ist alles."

„Die Polen scheinen nicht so begierig zu sein wie ihr, Jungfer Renate!" antwortete Lothar lachend. „Sie meiden diesen Teil der Burg geflissentlich, so dass wir mit der Lunte bei Fuß stehen. Und nach Spatzen können wir mit unserm schweren Geschütz nicht schießen."

„Ich mag die schwarze Kunst nicht!" entgegnete Renate kopfschüttelnd, „Reiterwaffen und Reiterdienst sind mir lieber."

„Ja, du!" sagte der Meister Sturtz. „Hast ja schon immer an dem Kriegswesen einen Narren gefressen. Jetzt wirst du schon genug davon bekommen, warte nur!"

Es war indessen dunkel geworden; man schrieb bereits August und das Abnehmen der Tage fing an sich bemerkbar zu machen. Die Meisterin holte eine Talgkerze, die sie mit Feuerstein und Zunder entzündete.

„Wir wollen uns niederlegen." sagte Meister Sturzt. „Der Rücken ist mir krumm von dem langen Stehen am Amboss. Allmählich merkt man doch seine 52 Jahre!"

Er erhob sich. Da schallte ein dumpf heulender, lang gedehnter Ton, laut anschwellend und dann wieder abschwingend über die Burg hin. Das war das große Horn, das der Turmwächter aus dem Bergfried blies. Das bedeutete Sturm, einen neuen Angriff der Polen. Rasch! Rasch! Zeit war nicht zu verlieren. Und war man auch hundertmal umsonst auf die Mauer gelaufen, einmal konnte und musste es doch Ernst werden.

Meister Sturtz und Lothar schnallten schnell ihre Harnische und kurzen Schwerter um, der Meister umarmte Frau und Tochter, und beide Männer eilten auf ihre Posten.

Wieder richtete der Feind seinen Stoß auf die Vorburg, von dort schallte wildes Geschrei der Kampfenden, vereinzelt der Knall einer Wallbüchse.

Lothar spähte scharf aus. Die helle Sommernacht ließ die nähere Umgebung wohl erkennen. Geradeaus hatten sie die Trümmer der niedergebrannten Stadt, die ragenden Wände der halb eingestürzten Stadtkirche. Eben stieg der Mond am Himmel empor und goss sein bleiches Licht über die Trümmerstätte. Da gewahrte Lothar in dem Trümmerfeld Bewegung, langsam fortkriechende Gestalten. Ganze Scharen wanden sich katzengleich durch die Haufen von Schutt und Asche. Alle strebten der Kirche zu. Mit ein paar Sätzen war Lothar bei Meister Sturtz und teilte ihm seine Wahrnehmung mit.

„Sie sammeln sich hinter der Kirchenmauer, keine Frage!" jagte dieser. „Jetzt ist's Zeit, unsere Stücke zu lösen."

Lothar eilte an sein Geschütz zurück und richtete es genau. Wenn er mitten gegen die von Rissen durchzogene Längswand hielt, warf er die dahinter Versammelten diese auf den Kopf. Ein ihm ganz unbekannter Kampseifer erwachte in ihm. Rasch! Rasch! Er fühlte mehr als er erkannte, dass von hier aus ein großer Stoß gegen die Mittelburg geplant sei, dem es zuvorzukommen galt.

Das Geschütz war genau eingestellt, das Pulver ausgeschüttet, der Stückknecht hielt die brennende Lunte daran, eine Stichflamme zuckte auf, gleich darauf brach ein Feuerstrahl aus dem Rohr, ein ohrenbetäubender Knall — und drüben wankte die hohe Kirchenmauer, neigte sich weitüber und stürzte mit furchtbarem Krach zusammen. Ein tausend stimmiger Aufschrei antwortete. Schon große Truppenmassen hatten im Schutz der Kirchenmauer in Bereitschaft gestanden.

Ein zweiter furchtbarer Knall, und Meister Sturtz' Geschütz wetterte in die Trümmermasse. Da sprangen sie wie die Hasen auseinander, ein wildes Getümmel flüchtender, springender, stürzender Gestalten. Eine wilde Freude erfasste Lothars Herz, er hätte laut aufjubeln wollen.

Aber da bebte plötzlich die Mauer unter ihren Füssen, Steine und Mörtel flog. Auch der Feind hatte schweres Geschütz und einen Schuss gelöst. Drüben in der großen Schanze, an der die Polen so lange gebaut hatten, stand die feindliche Batterie. Eine lange Flamme zuckte eben wieder aus der rasengedeckten Böschung, ein Heulen und Singen in der Luft, und ein hoch aufklatschender Wasserstrahl, der die Stückknechte überschüttete, erfolgte. Die feindliche Kugel war in den breiten

Schlossgraben geschlagen. Die Knechte lachten gutgelaunt und kanonierten weiter.

Es galt jetzt, die feindliche Batterie zu fassen. Ein lebhaftes Artillerieduell entspann sich. Lothar wusste nicht, wo die Zeit blieb. Er hatte nur zu zielen, zu richten, zu laden.

Indes war der Angriff auf der ganzen Linie entbrannt.

Um Mittel- und Hochschloss tobte wildes Getümmel. Dichte Kolonnen stürmten heran, Pechkränze flogen. Hier und da wurden Sturmleitern angesetzt, aber die langen Spieße stießen die Angreifer hinunter: glühendes Pech floss aus den Pechnasen der Türme ihnen auf die Köpfe. Auch die Westseite, die die Nogat deckte, wurde hart angegriffen.

Der breite Strom wimmelte von Kähnen, die Bewaffnete übersetzten. Am härtesten aber wogte der Kampf auf der Ostseite. Immer neue Scharen fluteten heran wie Wogen des Meeres und rannen zurück wie diese am festen Molenkopf der Hafeneinfahrt.

Da tönte wieder, lang heulend und anschwellend, das große Horn von der Höhe des Bergfrieds. Zugleich fetzten die Hörner der Trompeter in allen Abschnitten ein. Sie bliesen zum Sturmangriff, zum Ausfall.

Hei! das gab ein Rennen zu den Ställen. Die Pferde, froh, von dem langen Stehen erlöst zu sein, ließen sich kaum halten, drängten und fliegen und ließen ihre Reiter kaum in den Sattel.

Der Hochmeister, dem die Rennfahne voran getragen wurde, setzte sich an die Spitze der Reiterei, und hinaus stob das Geschwader in fliegendem Galopp; blitzendes Eisen, Pferdeköpfe, bärtige Gesichter mit kampfglühenden Augen hoben sich aus den dichten Wolken von Staub, die die Reitermassen umflogen.

Auch das Fußvolk trat zum Sturm an, geführt von dem Ritter von Winkelfaß. Da hielt es auch Lothar nicht länger auf der Mauer. Die Geschütze hatten ihre Arbeit getan; Lothar übergab das seine dem ältesten Stückknecht und trat mit in die Reihen der Bürger.

Im Sturmschritt rückten sie durch das hallende Burgtor, im Sturmschritt durch die Straßen der Ruinenstadt, in der der Feind sich wieder gesetzt hatte. Eine wilde Wut fasste die Bürger hier auf den Trümmern ihres einstigen Heims. Wie die Wilden stürmten sie vor, es krachte von Hieb und Schlag, und ein wildes Getümmel wälzte sich über die Haufen von Schutt und Gebälk, über die Grundmauern der Häuser und durch die Kellerlöcher.

Unwiderstehlich stieß der Angriff der Deutschen durch. Erst an den festen Erdwerken und Schanzen der Feinde kam der ungestüme Ansturm zum Stehen. Hoch atmend hielt auch Lothar inne. Sein Spieß hatte eine lange, blutige Bahn in die feindlichen Reihen gerissen. Da gab der Hochmeister den Befehl zum Zurückgehen. Man hatte ordentlich Luft geschafft und dem Feind schwerste Verluste zugefügt. Zahlreiche Tote lagen mit erdfahlen Gesichtern auf Schritt und Tritt, Hunderte von Gefangenen wurden eingebracht.

Die Sonne stand schon hoch am Himmel, als die Fähnlein unter Trommelschlag und Gesang wieder in die Marienburg einrückten. Am Tor hielt Hochmeister Heinrich und ließ die siegreichen Scharen an sich vorbeiziehen. Jedes Fähnlein grüßte er, und jedes Fähnlein antwortete mit jubelndem Zuruf.

Schweiß auf der Stirn, das Blitzen des Sieges im Auge, trat Lothar in den Wohnraum der Sturtz'schen Familie. Renate würde mit ihm zufrieden sein. Er hatte mehr getan, als man von ihm verlangen konnte.

„Renate ist im Spital." gab die Meisterin auf seine Frage zur Antwort. „Es sind so viele Verwundete eingeliefert. und die Frauen wollen auch etwas tun." Damit setzte sie ihm die Morgensuppe und ein Stück Brot vor.

Ja, auch die Verteidiger hatte der Kampf schwere Opfer gekostet. In der Firmarie, wie die Ordensspitäler hießen, deren hochgewölbte Säle den Nordflügel des Mittelschlosses bildeten, lagen sie in den weiß überzogenen Betten Mann an Mann.

Im Rittersaal auch Bernhard von Lossow, der beim Ausfall an der Seite des Hochmeisters schwer am Kopfe von einer Streitaxt getroffen worden. Mit bleichen Zügen lag er in den Kissen.

Renate war als Hilfsschwester in diesem Raum tätig. Sie brachte Bernhard ein Glas Wein zur Stärkung; er war beim Verbinden schwach geworden, und sie hielt es ihm an die Lippen.

Der Verwundete trank und schlug dann voll die Augen auf. „Ihr seid's, Renate!" sagte er. „Ihr heißt doch Renate, — nicht?"

„Ja." entgegnete diese, leicht errötend.

Bernhard von Lossow folgte ihren Bewegungen mit den Augen. Er schien ein anderer geworden zu sein. Das Hochmütige, Kalte war aus seinem Auge verschwunden.

„Ihr seid schwer verwundet, Herr Ritter?" fragte Renate. „Habt ihr große Schmerzen?"

„Es geht!" versetzte Bernhard. „Ein bisschen trieselig ist mir. Der Kerl nahm nicht die geringste Rücksicht auf meine Hirnschale. Er schlug drauf los, nicht wie auf einen Bunzlauer, sondern auf einen eisernen Topf."

Renate musste lachen. „Ihr habt die gute Laune wenigstens nicht verloren." bemerkte sie.

„Verliere ich nie!" erwiderte Bernhard. „Stehe kirchturmhoch über dem Leben. Glaubt ihr mir das?"

„Nein." entgegnete Renate und lachte wieder.

Bernhard musterte sie, ihre schlanke Erscheinung, ihr anmutiges Wesen.

„Das glaubt ihr mir nicht?" wiederholte er. „Na, eigentlich glaube ich es auch nicht. Aber mitunter habe ich so eine Anwandlung, als ob mich das ganze Leben nichts anginge, keine Straße, kein Wegweiser. Als reite ich draußen im Gelände, gebe meinem Gaul die Sporen, dass er vorn und hinten ausschlägt, und jage querfeldein, — was das Zeug hält."

Renate sah ihn aus ihren großen, klugen Augen einen Augenblick an. Er gewann plötzlich ein ganz anderes Ansehen, ja, er zeigte sich als ein ganz anderer Mensch, als den sie ihn bisher gehalten. Der Rebenmensch ist uns meist ein verschlossenes Buch, dachte sie. Man ist oft erstaunt, wenn es ein behutsamer Finger öffnet, was da alles auf seinen Seiten zu lesen steht.

„Eigentlich," fuhr Bernhard fort und wandte sich ihr mehr zu, „könnte man euch andere Erdenwürmer beneiden um euer bisschen Glück, genannt heimischer Herd, Familie und so weiter. Uns hat man darüber wegsehen gelehrt. Ich habe das alles verachtet, seit ich das Kreuz trage.

Mitunter habe ich ein Gefühl wie ein Kind, das Schaum aus den Wellen gefangen hat. Es denkt wunder, welchen Schatz es hält, und der Schatz zerrinnt unter seinen Fingern."

Mit großen, erstaunten Augen hörte Renate zu.

„Na, das ist nichts für deine Ohren, Mädchen!" schloss Bernhard beinah rauh. „Ich glaube, das Fieber siedet mir im Blut. Gib mir die fieberstillende Arznei, ja?"

Renate tat, wie ihr geheißen.

„So! Danke!" sagte Bernhard. „Die Gedanken werden jetzt wieder nüchternere Bahnen gehen. Schafsfromm oder schafsdumm — das ist das höchste Glück für den staubgeborenen Menschen."

Renate wurde zu anderen Verwundeten gerufen. Erst zur Mittagszeit kam sie heim.

Heut hatte die Meisterin das Essen geholt und teilte es aus der großen Schüssel aus.

„Nun, Jungfer Renate," sagte Lothar, „heut Nacht habt ihr den Donner unserer Geschütze wohl gehört, wie? Sie reden eine Sprache, die Tote erwecken kann, nicht?"

„Die Mauern haben gewackelt und das Geschirr im Schrank hat geklirrt!" antwortete statt Renate die Mutter. „Potz tausend, seid ihr Kerle, ihr von der schwarzen Kunst!"

Meister Sturtz lachte bei diesen Worten behaglich. Unwillkürlich suchte Lothar Renates Auge; aber die bemerkte es nicht. Versonnen blickte sie vor sich hin.

„Erst haben wir dazwischen gedonnert." fuhr Lothar fort, der es nicht unterlassen konnte, sich insgeheim vor ihr zu rechtfertigen, „und dann dazwischen gehauen bei dem großen Ausfall. Ihr hattet Recht, Jungfer Renate, wenn ihr der blanken Waffe den Vorzug gäbet. Erst durch die blanke Waffe wird man zum Kriegsmann."

Renate sah auf und zu ihm hinüber, wieder mit dem versonnenen, in sich gekehrten Ausdruck. Sie hatte seine Worte gar nicht gehört.

Lothar bemerkte ihre Zerstreutheit. Es war unter seiner Würde, etwa seine Taten herausstreichen zu wollen. So schwieg auch er, und die Meisterin und der Meister bestritten allein die Kosten der Unterhaltung.

Die Belagerung ging indes ihren Gang weiter; tagelang lähmende Untätigkeit, dabei strengster Wachdienst, dann ein Überfall und oft in derselben Nacht noch ein zweiter und dritter. Das war der Krieg, wie die Polen ihn führten. Der Hochmeister antwortete mit ebenso überraschenden Ausfällen. die vor allem die Mannschaft beschäftigen und in der Manneszucht erhalten sollten. Den Feind wirklich dadurch zum Abzug zu bewegen, war unmöglich: dazu war seine Übermacht zu groß. Das sah der Hochmeister wohl ein. Er sah auch, dass die Stimmung der Bürger und Landleute, die in so großer Zahl auf so engem Raum zusammengepfercht hausten, anfing schwierig zu werden. Die Mutlosigkeit erhob ihr Haupt. Die Lauen und Schwachherzigen, die sich immer finden, schürten diese mit einer einzigen Frage: wie lange dauert es denn noch? Wer steht am Ende? Anfangs hatten die Gutgesinnten, die Tapferen trotzig aufbegehrt; jetzt, je mehr man sah, dass es unmöglich war, den Ring der Feinde zu sprengen, antwortete nur ein Achselzucken. Und in der Dunkelheit, wenn die Weiber beisammen sahen und spannen, flickten oder Gemüse putzten, oder wenn nach einem neuen Treffen wieder Verwundete hereingebracht wurden, oder gar die Tritte der Träger über die Schlosshöfe schallten, die einen Toten zur ewigen Ruh' hinaustrugen, dann ging diese Frage, wie ein Gespenst um: wann soll das enden?

Es war ein ruhiger Abend. Hochmeister Heinrich saß vor seinem mit Schriftstücken bedeckten Schreibtisch und sah durch das geöffnete Fenster auf die innere Zugbrücke hinab, die das Hochschloss von der Mittelburg trennte. Einige Sergeanten saßen hier und vertrieben sich die Zeit mit Würfelspiel.

Werner von Tettingen trat ein. Ein Zug von Unmut lag auf seiner Stirn. „Das Volk fängt an, ernstlich widerhaarig zu werden." sagte er. „Man sieht es an der ewigen Quengelei und Unzufriedenheit. Namentlich die Weiber können sich nicht vertragen, sie vermissen die eigene Küche, in der sie nach Belieben schimpfen können. Eine hasst die andere, und sie machen auch ihre Männer scharf aufeinander."

Heinricht nickte. „Die Einleitung ist leicht," erwiderte er, „bei jeglichem Unternehmen. Der gute Wille und die Hoffnung sind noch da. Jetzt kommt der schwerere Teil: die Entwicklung und das Durchhalten, das Durchhalten durch die immer drückender werdenden Widerwärtigkeiten. Auf der einen Seite die aufreibende Unruhe durch die ewigen Überfälle bei Tag und bei Nacht, auf der andern Seite die Untätigkeit, das Zusammenliegen so großer Menschenmassen auf so engem Raum und damit Streit, Beeinflussung des einen durch den andern, Kleinmut und Verzagtheit, Unzufriedenheit und Widerspruch. Das sind die

Gefahren, denen je länger, je schwerer zu begegnen ist."

„Am meisten merke ich es in der Küchenverwaltung." fuhr Tettingen fort. „Wenn der Bauch unser Gott ist, so hat er viele Gläubige. Mit einem Donnerwetter möchte man dreinschlagen. Ich gebe vom Besten, und nichts genügt ihnen. Sie mäkeln an allem, die Knechte wie die Herren. Ja, leider geben auch unsere Brüder ein schlechtes Beispiel. Besonders Bruder Lossow! Er isst gern gut und trinkt gern noch besser. Zweimal habe ich ihn ertappt, dass er sich heimlich Wein bringen ließ."

Heinrich runzelte die Stirn. „Gerade die Brüder sollen ein gutes Beispiel geben." entgegnete er. „Abgesehen davon, dass Mäßigkeit und Selbstzucht uns vorgeschrieben sind, auf das Beispiel kommt es an. Wie soll die Frucht gut bleiben, wenn der Kern faul ist?"

Tettingen nickte. „Wann glaubt ihr, Herr Hochmeister," fragte er nach einer Pause, das vertrauliche Du durfte er Heinrich gegenüber nicht mehr anwenden, nachdem dieser zum Höchstgebietiger gewählt wurde, „wann diese Belagerung endet?" Da war die Frage wieder, die wie ein Gespenst umging, von Mund zu Mund, die aller Sinne beschäftigte, mehr und mehr, Tag und Nacht.

Heinrich wiegte den Kopf. „Das weiß ich nicht!" gab er zur Antwort. „Wann es dem Feind gefällt. Das ist das Lähmende in der Lage des Belagerten, dass ihm die Möglichkeit steter Entschließung aus der Hand genommen wurde. — Aber." setzte er hinzu, „meine Rechnung ist, dass es dem Feind ebenso schwer wird wie uns. Vielleicht noch schwerer. Er hat das Land weit und breit in einer unsinnigen Zerstörungslust verwüstet. Woher sollen ihm Lebensmittel kommen? Die Brunnen sind von uns verschüttet, er muss sich sogar das Wasser weit herholen. Ich sehe, dass seine Begräbnisplätze wachsen. Es sterben ihm also viele Leute. Sollte er nicht den Mut leichter verlieren als wir in unserer schönen festen Burg, in guten, trockenen und gesunden Unterkunftsräumen, gut und auf lange mit allen Lebensmitteln versehen?"

Da leuchteten Tettingens Augen auf. „Gewiss!" rief er. „Eure Ansicht ist die Rechte, hochwürdiger Meister! Diese Worte will ich aussprengen, sie sollen ins Volk dringen, den Mut heben, und die Miesmacher mundtot und klein machen. Und darauf kommt's an." Er verbeugte sich und ging, und Heinrich wandte sich wieder seiner schriftlichen Arbeit zu.

Einige Tage waren vergangen. Wieder war es ein warmer, schöner Abend. Der Sonnenschein glänzte um die ragenden Mauern der Marienburg. Es war still im Schloss und in seinen weiten Anlagen, alles war abgespannt, übermüdet. Es hatten heute und in den letzten Tagen heftige Gefechte stattgefunden, leider waren die Deutschen in diesen nicht sehr glücklich gewesen. Heute erst hatte man an 50 Tote, Verwundete und Gefangene verloren. Namentlich das Schicksal der letzteren beschäftigte die öffentliche Meinung, die tiefer und tiefer sank.

Renate war in dem Burggärtchen, das sich an die Mauer lehnte, und goss Blumen. Aus der nahen

Burgschmiede scholl das helle Klingklang der Hämmer. Sonst war es still. Ihren Vater und Lothar sah sie jetzt wenig oder gar nicht. Diese hatten so zu tun, dass sie sogar ihre Mahlzeiten in der Werkstatt einnahmen. Einer der Lehrlinge pflegte ihnen das Essen herüberzuholen.

Ein Tritt ließ Renate aufblicken. Bruder Bernhard stand hinter ihr, den Kopf in einem weißen Verband, im langen Krankenkittel, auf einen Stock gestützt.

„Guten Tag. Jungfer Renate." sagte er. „Immer fleißig?"

„Gewiß!" antwortete das junge Mädchen. „Ich freue mich, euch in besserer Verfassung zu sehen." setzte sie hinzu.

„Ich auch!" erwiderte Bernhard. „Ich hielt das Liegen nicht mehr aus. Es ist mir eine Wohltat, wieder einen Atemzug frischer Luft zu tun. Wenn einem auch in einer belagerten Festung, in der man nicht viel anders herumkrabbelt als eine

Fliege in der Käseglocke, nicht viel frische Lust gegönnt ist."

Renate lachte. „Leider ist euer Vergleich nicht so ganz unrichtig." versetzte sie. „Man wird ganz bedrückt von der ewigen Beschränkung."

„Mehr als das, man wird dösig!" bekräftigte Bernhard. „Und langweilen tue ich mich nach Noten. Da sinnt man unwillkürlich auf einen kleinen, lustigen Zeitvertreib.

„Daran mangelt es euch doch nicht." versetzte Renate ausweichend. „Ihr habt, wenn ihr nicht lesen wollt, allerlei Brettspiele in den Krankensälen."

„Brettspiele!" unterbrach Bernhard und zuckte die Achseln. „Was mache ich mir daraus, die Puppen auf einem Brett hin und herzuschieben." Er trat ihr näher, sein lebendiges Auge blitzte sie an. „Mit wahrhaftigen Menschen will ich spielen, die will ich nach meinem Willen leiten. Das ist ein Spiel, das mich vergnügt!"

Renate war einen Schritt zurückgetreten. Ein banger Schreck fuhr ihr durch alle Glieder. So huschte das Rebhuhn im Korn, wenn der Habicht über ihm stand. Und doch war da etwas Süße in diesem Schreck, etwas Unwiderstehliches, dass sie gerade der Gefahr entgegendrängte, denn er war ein Mann, der Eindruck auf sie gemacht hatte, ein Mann, wie sie ihn liebte, ein Mann von Stahl und Eisen.

Oben in der Mauer klirrte ein Fenster. Lothar stand hier. Es war eine Vorratskammer für altes Eisen, und sah den Vorgang mit an.

Bernhard streckte leicht den Arm nach dem jungen Mädchen aus, etwas Herrisches, Befehlendes, Siegesgewisses lag in der Bewegung. „Ja." sagte er, „mit lebendigen Menschen will ich spielen! Komm an mein Herz, du Quell der Schönheit und der Freude! Ein Widerstreben hilft dir nicht!"

Da raffte Renate sich auf aus ihrer selbstvergessenen Haltung, sie schien zu erwachsen, glühende Röte flammte auf ihren Wangen. Trotz leuchtete in ihren Augen. „Herr!"

stieß sie beinah atemlos hervor, „ich bin nicht euer Spielzeug!" Damit fuhr sie herum und eilte mehr aus dem Gärtchen, als sie ging.

Mit dem Fuß aufstampfend, wandte Bernhard sich um, hinter ihm stand — der Hochmeister.

Heinrich umfasste den jungen Mann mit einem blitzenden Blick. „Ich tue dich in die schwere Schuld!" sagte er, — es gab vier Arten von „Schuld": leichte, schwere, schwerste und allerschwerste — „Du weißt, dass es dem Ordensritter verboten ist, ein weibliches Wesen auch nur anzusehen."

Bernhard warf den Kopf trotzig in den Nacken. „Ich weiß es, Eure Eminenz!" antwortete er. „Doch ich weiß auch und habe es im Orden gelernt, dass nicht die sklavische Erfüllung jeder einzelnen Vorschrift den Orden zu dem gemacht hat, was er ist, sondern der Gedanke des Herrschens. Und nur der hat sich in mir betätigt, auch diesem Mädchen gegenüber."

Heinrich musterte den jungen Mann mit seinem klaren, durchdringenden Blick. „Und nach diesem jungen Mädchen." entgegnete er mit gehobener Stimme, „fragst du nichts? Fragst nicht, ob du eine Blüte geknickt hast oder Lebensfreude, Hoffnung und Vertrauen einem jungen Menschenkind genommen hast?"

Bernhard blickt in das klare, edle Auge des Hochmeisters, dann senkte er das Haupt tief auf die Brust. „Ich sehe ein." sagte er leise, „dass ich unrecht tat. Ich dachte an mich, nicht an sie!"

Ein ganz leichtes, freundliches Leuchten glomm in dem Auge Heinrichs auf. „Den reuigen Sünder hat Gott lieb!" entgegnete er. „Deine Strafe ist bis zu deiner Genesung verschoben." Damit verließ er das Gärtchen. Tief atmend, verwirrt, beschämt wanderte Bernhard den Weg zurück, den er gekommen war.

Der Hochmeister ging indes über den Hof des Mittelschlosses zurück. Gewaltig baute sich hier die mächtige Front des Hochmeisterschlosses auf, ein Fürstensitz von Glanz und stolzer Pracht.

Heinrich blieb sinnend stehen. Er hatte sich wahrlich nie gedrängt, in diesem stolzen Fürstensitz der Gebietende zu sein. Aber diese Aufgabe war ihm zugefallen. Sie durchzuführen, mit eisernem Sinn, war vollends in dieser Zeit der Auflösung, des Niederganges, der in allem zu Tage trat, seine doppelte Pflicht. Er war der Steuermann. Nur auf die Sterne hatte er seinen Blick zu richten. Er hatte nicht zu fragen, wohin dieser seiner Mannschaft und anvertrauten Volksgenossen wollte, wohin jener, nur auf die Sterne hatte er seinen Blick zu richten, nur auf die Sterne!

Er betrat die prachtvollen Räume des Hochmeisterschlosses. Viel zu prachtvoll für seinem schlichten Sinn. Da erklangen langgezogen und schmetternd ein Trompetensignal durch den stillen Abend. Heinrich blieb stehen und horchte auf.

Eine Weile rührte sich nichts. Heinrich betrat sein Arbeitszimmer und setzte sich vor seinen Arbeitstisch. Da tönte ein eiliger Schritt auf dem glatten Estrich: ein Graumäntler der Wache. „Ein polnischer Unterhändler harrt vor dem Tor und bittet um Gehör!" meldete er.

„Verbindet ihm die Augen und führt ihn in den Großen Kapitelsaal im Hochschloß!" befahl Heinrich. Er selbst erhob sich, gürtete sein Schwert um und begab sich dorthin.

Schnell war der Konvent der Brüder zusammengerufen.

In feierlich ernster Runde erwarteten sie den polnischen Gesandten.

Geführt von einem Graumäntler trat dieser ein. Ein Ordensritter nahm ihm die Binde von den Augen.

Der polnische Gesandte, Graf Korninsky, verneigte sich und sagte: „Im Auftrag meines Königs habe ich dem Herrn Hochmeister oder seinem Stellvertreter dieses Schreiben zu übergeben." Er reichte Heinrich, der vortrat, eine große, gesiegelte Pergamentrolle.

„Was enthält der Brief eures Königs?" fragte Heinrich, die Rolle in der Hand wiegend. „Etwa eine Aufforderung zur Übergabe?"

„Allerdings!" entgegnete der polnische Herr mit einem hochmütigen Lächeln. Das Gold der scheidenden Sonne funkelte auf seiner prachtvollen, mit Silber ausgelegten Rüstung. „Mein erhabener König hat Mitleid mit der hier eingeschlossenen großen Menschenmenge. Er weiß, dass es schwer hält, unsere tapferen Krieger zu zügeln, wenn sie nach heißem Sieg sich am Ziel ihrer Anstrengungen sehen. Er will nicht, dass das Blut Unschuldiger, von Frauen und Kindern vergossen wird. Er hat Achtung vor dieser schönen Burg und wünscht nicht, dass sie im letzten Angriff des Krieges in einen Trümmerhaufen verwandelt wird. Alle diese Gründe bestimmen ihn, hochherzig einem sicheren Sieg zu entsagen und euch die Übergabe anzubieten, die eitle eigene Einsicht und die Liebe zu eurem Volk, wie unser großmütiger König hofft, euch vorschreiben werden."

Eine leichte Röte war in Heinrichs Antlitz getreten. „Eure Worte klingen gut. Herr Graf," erwiderte er. „als flössen sie aus einem warmen, das Gute wollenden Herzen. Was euch allerdings veranlasst, eures Sieges so sehr gewiss zu sein, weiß ich nicht. Bis jetzt hat keiner eurer Angriffe unsere Mauern erschüttern können, keinen Stein aus ihrer Bekrönung gebrochen. Unsere Speicher sind gefüllt, die Lebensmittel sind bei uns reichlicher als bei euch, denn die Felder ringsum sind leer, was noch da war, habt ihr selbst vernichtet. Tagelang lohte aller Orten Feuerschein über den Heiden und zeigte die Tätigkeit eurer Streifkommandos, eine Tätigkeit, die sehr im Widerspruch zu euren gleißenden, von Menschlichkeit überfließenden Worten steht."

Graf Korninsky biss sich auf die Lippen. „Ihr schlagt einen stolzen Ton an, Herr Hochmeister!" antwortete er. „Was uns die Gewissheit des Sieges gibt, ist die Zahl, der Übermacht, mit der wir gegen euch anrennen, die ihr bei Tannenberg gespürt habt, die ihr hier wieder fühlen werdet. Vertraut nicht auf die Stärke eurer Mauern! Es sind immer dieselben Männer, die sie verteidigen. Wir führen immer frische Truppen ins Gefecht. Schlagt die großmütigen Anerbietungen meines Königs nicht mit dem Hochmut in den Wind, den wir an euch gewöhnt sind, — ich mahne euch dringend. Wartet nicht, bis ihr gezwungen seid, die weiße Fahne auf euern Zinnen zu zeigen. Die Bedingungen dürften alsdann anders ausfallen."

Heinrich richtete sich höher auf. „Lasst uns zunächst hören, was uns euer König selbst zu sagen hat." erwiderte er stolz. „Ihr habt die Güte, unsere Antwort im Nebenraum zu erwarten, Herr Graf. Ich denke, wir werden in Kürze schlüssig sein."

Werner von Tettingen geleitete diesen in den Nebenraum und kehrte dann in das Kapitel zurück. Heinrich hatte die Rolle geöffnet. Ein des Polnischen kundiger Bruder übersetzte das Schriftstück Wort für Wort. Es enthielt dasselbe, was der Graf gesagt hatte.

„Und was sind die Bedingungen, wenn wir die Tore wirklich öffneten?" fragte Werner.

„Darüber ist eigentlich nichts gesagt." entgegnete der Hochmeister. „Dieser Punkt ist mit der Aalglätte, die den Polen in diplomatischer Hinsicht auszeichnet, umgangen. Glaubt mir, Vernichtung ihrer Feinde und das sind wir — das steht auf ihrem Panier geschrieben, ob wir uns nun so unterwerfen oder so. Darum sage ich: wir unterwerfen uns niemals!"

„Recht so!" rief Tettingen und stampfte mit dem Schwert auf.

„Brüder!" fuhr Heinrich fort mit steigender Erregung und Leidenschaft, „auf dies Angebot eingehen, hieße uns selbst das Grab graben. Was zwingt uns denn zur Übergabe? Etwa Niederlagen? Unsere Verluste bisher waren mäßig. Etwa Hunger? Unsere Speicher sind übervoll, ich habe nicht zu viel gesagt. Oder gar Krankheiten und Seuchen? Unser Gesundheitszustand ist gut. Das einzige, was uns veranlassen könnte, in diese Grube zu fallen, die uns der Pole in seiner verschlagenen Weise gräbt, wäre Kleinmut, blasse Furcht. Und davon weiß ich meine Brüder frei."

Ein kurzes, trotziges „Jawohl, Herr Hochmeister!" klang aus den Reihen der Ordensherren.

Ein stolzes Leuchten flog über Heinrichs Züge. „Welche Antwort also soll ich dem polnischen Herrn erteilen?" fragte er.

„Wir lehnen jede Übergabe ab!" rief Tettingen unter stürmischem Beifall.

Schon wollte Heinrich den Befehl geben, den Grafen Korninsly hereinzuholen, da wurde eine Bürgerabordnung gemeldet. Herein trat der Bürgermeister von Marienburg Thomas Gerding, einige Bürger und Bauern, unter ersteren auch Meister Sturtz.

„Euer Eminenz verzeihen," sagte der Bürgermeister, ein weißhaariger Greis mit langem Silberbart, „wenn wir hier eindringen und ich in dieser erlauchten Versammlung um Gehör bitte. Unsere Bürger haben uns abgeordnet, in so wichtiger Stunde unsere Wünsche und Bitten vorzutragen. Wie ein Lauffeuer ging die Kunde von dem Eintreffen eines polnischen Unterhändlers durch alle Räume der Burg, entzündete alle Herzen, erfüllte alle, Mann und Weib, mit neuer Hoffnung und lässt uns unser Wünschen und Hoffen in dem einen Wort zusammenfassen: Herr! mach ein Ende! Gib uns den Frieden!"

Heinrich war einen Schritt zurückgetreten. Seine von der Erregung geröteten Wangen wurden blass. „Wie!" sagte er, „sind die Leiden der Belagerung denn so unerträglich?"

„Sie sind's!" entgegnete der Bürgermeister. „Der Bürger vermisst sein Heim und die gewohnte Arbeit, der Landmann Hof und Feld. Zusammengepfercht wie die Schafe liegen die Menschen. Die Kinder zanken, die Weiber nehmen Partei, und die Männer werden auch hineingezogen. Fragt die Quartierältesten, wieviel Stunden am Tage sie nur Streit zu schlichten haben. Jede Hausfrau vermisst je länger je mehr den eigenen Hausstand, die eigenen Töpfe, den eigenen Herd. Es passt ihnen nicht mehr, aus einem Topf zu essen. Ihr müsstet die Reden der Weiber hören, wenn sie vor der Burgküche sich wartend drängen, ihre Reden, wenn sie zur Küchenarbeit aufgerufen werden, Gemüse putzen oder Fletsch anrichten. Aus den kleinen Vorkommnissen, aus den Kleinigkeiten des täglichen Lebens setzt das Leben sich zusammen. Aus fortgesetzter Unzufriedenheit erwächst Widersätzlichkeit und bald offener Aufruhr. — Wir alle, die wir treu zum Orden stehen, sehen mit Bangen diesen Samen aufgehen und täglich höher ins Kraut schieben. Wir befürchten daraus das Schlimmste. Wir haben uns darum bestimmen lassen, die Klagen des Volkes vor euer Ohr zu bringen, hochwürdigster Herr! Erbarmt euch des leidenden Volkes! Seht, hat es nicht genug getan? Hat willig Haus und Hof hergegeben, hat willig alle Leiden dieser Kämpfe ertragen und erträgt sie noch? Darum bitten wir euch, Herr Hochmeister, inständig, kniefällig: lasst es nicht zum Äußersten kommen, treibt unser armes Volk nicht selbst zum Äußersten! Macht gnädig ein Ende und gebt uns den Frieden!"

Einen Augenblick stand Heinrich unbeweglich, den Blick wie in weite Fernen gerichtet, dann wandte er sich voll den Bürgern zu. „Ich höre eure Klagen." versetzte er. „Und ich habe eine Gegenfrage: Leidet ihr Hunger?"

„Nein!" antwortete der Bürgermeister. „Das nicht."

„Rast der Tod in euren Reihen," fuhr Heinrich fort, „dass wer sich heut zum Schlaf niederlegt, nicht weiß, ob er noch den Morgen sieht?"

„Nein!" entgegnete der Bürgermeister. „Vor Seuchen hat uns der Herr bisher gnädig bewahrt."

»Dann will ich euch eines sagen," rief der Hochmeister sich aufrichtend, „eure Klagen sind grundlos! Zügelt eure Weiber! Zügelt euren eigenen laschen Sinn! Rafft euch zusammen! Leben heißt kämpfen, nichts anderes! Ihr habt nichts getan, — wenn ihr auf halbem Weg stehen bleibt. Habt ihr dazu eure Häuser abbrennen sehen, damit wir uns jetzt den Feinden unterwerfen, wo nichts, durchaus nichts uns zwingt? Glaubt ihr, der Pole würde uns schonen? Uns annehmbare Bedingungen geben? Ihr kennt den Polen! Ihr wisst, dass er uns hasst, den Ritter wie den Bürger und Bauern, uns alle! Lasst den Polen nur erst in unsere Mauern eingerückt sein, seine Worte und Taten lauten dann anders, als er's vorher versprach. Mein Wort darauf! Ihr wisst das selbst. — Was uns erwartet, wenn wir die Tore öffnen, ist Knechtschaft! Wollt ihr Knechte sein? Ruft jedem, der da kleinmütig ist, der von Frieden und Unterwerfung spricht, dies Wort ins Gesicht: Knechtschaft! Wollt ihr Knechte sein?"

Hoch atmend stand Heinrich, mit blitzenden Augen. „Darum gebe ich euch meinen Bescheid dahin." fuhr er fort, „die Marienburg übergebe ich nicht!"

„Ehrwürdiger Hochwürden!" rief da der Bürgermeister, „Knechte wollen wir nicht sein, keiner von uns. Wir wollen freie Männer bleiben, lieber frei sterben als unter Polen verderben."

Ein stolzes Leuchten ging über Heinrichs Züge. „Jetzt lasst den polnischen Herrn vor!" sagte er. „Er soll diese Antwort mitnehmen."

4. Kapitel

Lothar war einige Tage in einer ganz verzweifelten Stimmung. Der Auftritt, dessen Zeuge er gegen seinen Willen geworden war, beschäftigte fort und fort seine Einbildungskraft, er kam nicht los davon. Eifersucht, verschmähte Liebe und etwas anderes. Tieferes noch, ein wirklicher Schmerz fraßen an seinem Herzen. Pah! Was ging's ihn an? Er würde sich seinen rheinländischen Humor nicht dadurch verderben lassen. Was hatte Renate für Verpflichtungen ihm gegenüber? Gar keine! Er hatte kein Recht, ihr Vorwürfe zu machen. Und was hatte er für Verpflichtungen Renate gegenüber? Auch keine. Er war ein landfremder Gesell, und wenn diese langweilige Belagerung vorüber war, dass man erst wieder hinaus konnte aus den dumpfen Mauern, die einen mit der Zeit fast zu erdrücken anfingen, — dann nahm er seinen Wanderstab und zog in die weite Welt hinaus, — lebe wohl, Renate! Andere Städtchen, andere Mädchen! Er packte seinen Hammer fester und führte so wuchtige Hammerschläge, dass das glühende Eisen sich wie Wachs bog.

Er war allein in der Werkstatt. Meister Sturtz war mit den Lehrlingen draußen, an den Geschützen einige Schäden auszubessern, die sich heut Nacht wieder einige Stunden heiser geschrien hatten, — da trat Renate in die Werkstatt.

„Vater ist nicht hier?" fragte sie.

„Nein." entgegnete Lothar. „Er ist draußen an den Geschützen, — die ihr nicht leiden könnt. Ein Ritter in seiner blanken Rüstung ist allerdings lustiger anzusehen, und wenn's auch ein Kreuzritter wäre!" fügte er hinzu und schlug heftiger auf das Eisen.

Renate richtete sich auf, eine leichte Röte flog über ihre Stirn.

„Du sagst das mit einer so eigenen Betonung." entgegnete sie, „als wenn du mehr damit sagen wolltest. Sag's frei heraus, wenn du etwas gegen mich hast."

„Ich — etwas gegen euch haben, Jungfer Renate?" wiederholte Lothar und prüfte scharf die kunstvoll geschmiedete Spitze der Hellebarde, die er vor sich auf dem Amboss hatte, „nicht dass ich wüsste. Ich habe kein Recht, euch Vorhaltungen zu machen. Bin nur Gesell im Betrieb eures Vaters. Mich geht es nichts an, wenn ein Bürgermädchen und eine Meisterstochter mit einem Ordensherrn schön tut!" — So! da war's heraus! Zu tief hatte es in Lothar gefressen.

Renate war zusammengezuckt. Eine dunkle Röte flammte über ihre Stirn. Ihr Stolz war getroffen. „Hast du gelauscht?" rief sie mit blitzenden Augen.

„Gelauscht? — nein!" versetzte Lothar. „Aber die Wände haben Ohren, auch mitunter Augen. Man kann nichts dafür, wenn man zur Unzeit solch Auge offen findet."

„Gleichviel!" rief Renate. „Du meinst den Auftritt neulich im Burggärtchen! Der Anschein spricht gegen mich, das gebe ich zu. Ich bin angegriffen und gekränkt. Lass dir sagen: ein junges Mädchen kann nichts dafür, wenn ein Mann ganz unerwartet ihr einen solchen Auftritt macht. So wenig, wie die Rose dafür kann, wenn eine Hand sich nach ihr ausstreckt. Aber die Rose hat ihre Dornen! Und du wirst gesehen haben, dass ich diesen Dorn gebraucht habe. Ich denke nicht daran, mich in eine Liebelei mit einem vornehmen Herrn einzulassen, aber ebenso wenig denke ich daran oder habe ich Veranlassung, mich vor dir zu verteidigen!" Hochrot vor Zorn verließ sie die Werkstatt.

Lothar tauchte die fertig geschmiedete, noch glühende Spitze in einen Eimer Wasser, dass sie zischte. Da hatte er sein Teil! Abgeblitzt obendrein! Mundfertiger sind die Weiber doch immer als wir armen Teufel von Männern! Da hatte er's nun mit eigenen Augen gesehen, wie der Ritter seinen Arm nach ihr ausgestreckt, wie sie gezögert und geschwankt, ach! es war doch so schön, so etwas zu erleben! — länger hatte es Lothar nicht mitansehen können, das Blut hatte ihm zu sehr gekocht! Er schämte sich auch, bei so zarter Begegnung den unberufenen Zuschauer zu spielen — und war gegangen, Wut und

Enttäuschung im Herzen! Und jetzt, wo er seinem gepressten Herzen einmal Luft gemacht hatte, da — es war wirklich zum Lachen! — war er wohl gar noch im Unrecht? Wie eine beleidigte Königin, so hatte sie ihm zurecht geleuchtet! Warum guckte er auch so zur Unzeit aus einem ganz ungehörig angebrachten Fenster?

Zwar, was sie gesagt, wie sie's gesagt, klang verdammt nach Wahrheit! Ganz tief in seinem Herzen verschwand plötzlich aller Unmut, ganz insgeheim leuchtete eine herzliche Freude auf. Die Sache hatte am Ende doch eine andere Wendung genommen? Sie dachte nicht daran, sich in eine Liebelei mit einem vornehmen Herrn einzulassen, und sie dachte nicht daran, sich vor ihm zu verteidigen! In dem Mädel steckte Kern! Donnerwetter und kurz und gut, es war ein Prachtmädel!

Meister Sturtz kam mit den Lehrlingen in die Schmiede zurück. „Unsere Donnerbüchsen sind kuriert!" sagte er. „Können wieder ein Wörtchen mitreden, wenn die Herren Polen das nächste Mal kommen. Ich habe mich neulich fast vor dem Hochmeister geschämt," fügte er hinzu, „dass ich mit zu der Bürgerabordnung gehörte, die um Frieden bat. Mir war immer, als ob der Hochmeister mich besonders ansähe und sagen wollte: Nanu! So was ist man doch vom alten Johann Sturtz nicht gewöhnt?"

Lothar stützte sich auf seinen Hammer. „Es ist ein großartiges Land, eure Ostmark!" bemerkte er aus seinen Gedanken heraus. „Hier ist der Mann noch was wert. Ich möchte wohl für immer in eurer Ostmark bleiben."

„Tue das!" rief der Meister und legte ihm die Hand auf die Schulter. „Wirst es nicht bereuen! Es ist ein großartiges Land, du hast nicht zu viel gesagt. Und wenn's auch oft, so wie jetzt, dicht am Abgrund hingeht, — wir halten fest. Die Heimat wird treu gewahrt!"

Lothar nickte. Eine neue Hoffnung war in ihm aufgekeimt. Nein! Renate war kein Mädchen, das sich fortwarf, und wenn der Schein noch so gegen sie war, — die Überzeugung hatte er gewonnen.

Sie war eine echte Ostmärkerin, herb, aber treu und stark! Nein! Zum Wanderstab griff er nicht mehr, er wurde Ostmärker. Er griff wieder zum Hammer, und es geschah zum ersten Mal, dass er bei der Arbeit wieder vor sich hinsang, das Lied von der Schwalbe:

„Und find' ich ein Häuschen, so traulich und fein, da bau' ich am Giebel mein Nestelein! Tandaradei!"

Der Tag ging zur Neige, ein stürmischer, nasskalter Tag und Vorbote des nahen Herbstes, als Renate ins Burggärtchen ging, das sie in ihre besondere Pflege genommen hatte, um die letzten Rosen für die Krankensäle zu schneiden. Da hörte sie leise die Tür gehen: Bruder Bernhard trat ein.

Renate wandte sich nicht von ihren Rosen ab, aber purpurn wie die taufeuchten Kelche leuchteten ihre Wangen.

Bruder Bernhard trat auf sie zu und grüßte: Renate dankte, ohne den Blick von ihrer Arbeit zu wenden. Bernhard blieb, sie einen Augenblick beobachtend, stehen.

„Jungfer Renate" sagte er mit einem ganz veränderten Ton,' ernst und von einer inneren Bewegung getragen, „ich glaube, ich habe euch das letzte Mal verletzt?"

Renate wandte sich ihm voll zu und sah ihn groß an. „Ja! Ihr habt mich verletzt!" entgegnete sie. „Denn ihr habt mich auf eine Stufe mit einer Magd gestellt. Ich bitte, kein weiteres Wort an mich zu richten. Ich will euch nicht mehr Rede stehen."

„Ich werde nie wieder ein Wort an euch richten, Jungfer Renate," erwiderte Bernhard, wieder in derselben ernsten und bewegten Weise. „nur eines noch: dass ich euch um Verzeihung bitte."

Renatens Blick ging schnell über ihn hin. „Ich trage euch nichts nach." versetzte sie leise...

„Ich danke euch!" sagte Bernhard. „Ich gehe jetzt den Weg," setzte er hinzu, „den die strenge Ordensregel mich verweist, — vorüber an den Freuden des Lebens, vorüber an den Rosen des

Glücks, die der Herr neben vielem bitteren Gewächs doch auch in unsern Erdengarten pflanzte. — Lebt wohl!" Er ging, gesenkten Hauptes und ohne zurückzusehen. Leise fiel die Gartentür hinter ihm ins Schloss.

Da dröhnte wieder dumpf und heulend das große Horn vom Bergfried. Schnell wie ein Reh eilte Renate davon, für die Männer eine Wegzehrung herzurichten.

Einen Augenblick traf sie mit Lothar in ihrer einstweiligen Wohnstube zusammen. Sie steckte ihm eine Anzahl Schnitten in den Brotbeutel.

„Vielen Dank. Jungfer Renate!" sagte Lothar und sein freundliches, treuherziges Auge ruhte voll auf ihr. „Das große Horn ist für viele eine Posaune Jerichos. Darum soll man seine Rechnung mit dem Himmel in Ordnung halten. Wir sind ein bisschen zusammengeraten. Jungfer Renate. Nichts für ungut!" Damit war er schon aus der Tür.

Renate sah ihm nach, und ein ganz leichtes, freundliches Lächeln flog über ihre ernsten Züge.

Als Lothar auf die Mauer kam, sah er, dass ein Großangriff im Gange war. Das ganze feindliche Lager schien in Bewegung. Das Feld war mit marschierenden Kolonnen bedeckt. Auf das Kernwerk der Marienburg, das Hochschloss, richtete sich heut der Hauptstoß der Feinde. Das gab Arbeit für die Batterie und die vielen Armbrustschützen. die auf der Mauer verteilt lagen. Ströme von Blut mussten die Polen lassen.

Von der Höhe des Bergfrieds beobachtete der Hochmeister den Kampf. Er sah dass immer neue Massen, unerschöpflich wie die Fluten eines großen Stromes aus dem feindlichen Lager vorstießen: aber er sah auch, dass die Stoßkraft dieser Massen erheblich abgenommen hatte. Von der Wasserseite erfolgte diesmal kein Angriff, der Feind schien alle seine Streitkräfte auf dem rechten Ufer einzusetzen.

Heinrichs Plan war gefasst. Er übergab den Oberbefehl an Werner von Tettingen, dann eilte er die Treppe hinab die Ordonnanzen flogen durch alle Teile der Burg. Die ganze berittene

Mannschaft an die Pferde! lautete der Befehl. Vor den Ställen sammelten sich die Ritter und Sergeanten, an 300 Mann. Unter ersteren auch Bernhard.

Heinrich erblickte diesen. „Du siehst noch schwach und bleich aus." sagte er. „Bist du auch ausgeheilt und wieder dienstfähig?"

"Jawohl!" antwortete Bernhard, ohne mit einer Wimper zu zucken.

Die Ritter und Mannschaften sahen auf. An die Spitze des stolzen Geschwaders setzte sich der Hochmeister. Mit dumpf klappernden Hufen ging es auf der vom Kampf abgewandten Seite, durch das Brücktentor an der Nogat, hinaus.

„Trab!" befahl Heinrich, die Hand erhebend. Längs der Nogat trabte das Reitergeschwader dahin. Der Wind wehte kühl, er trug dumpf, gedämpft durch die Deckung gewährenden Mauern der Marienburg, den milden Lärm des Kampfes herüber. Die Dunkelheit war indes vollends gesunken. Eine pechschwarze Nacht. Nur wenn eines der schweren Geschütze feuerte, flog ein blitzartiger Streifen durch das Gewölk.

Das Geschwader hatte die Südspitze des Hochschlosses am Herren-Dansk, dem runden Eckturm, der zugleich Wasserturm der Schwemmanlage war, erreicht. „Galopp!" befahl Heinrich. Alle Trompeter setzten schmetternd mit der Galoppfanfare ein: in stiebendem Rennlauf brachen die feurigen Pferde los, dass die Erde unter ihren Hufen dröhnte. Wie ein Wetter jagte das Geschwader in den Feind. Das erste feindliche Treffen wurde glatt überritten. Wie eine Wiese mit niedergewalzten Halmen, so lag es hinter den Reitern, das Feld besät mit Toten. Verwundeten, Sterbenden, die Luft erfüllt von Schreien und Wehklagen.

Bis in die hinterste Reserve der Polen führte Heinrich den Todesritt. „Links schwenkt!" befahl er. Unter der Mauer der ehemaligen Stadt jagte er dahin, die feindliche Stellung völlig aufrollend. Dichte Kolonnen stauten sich vor den schnaubenden Pferden. Hinein ging's, die Rosse bäumten, die langen, blitzenden Schwerter fuhren nieder: doch wie die Axt im Holz, so blieb der Angriff schließlich stecken.

„Zurück!" befahl der Hochmeister, es war genug erreicht Die Fähnlein machten Kehrt, — nur einer nicht: Bernhard. Er hatte sich zwar noch schwach gefühlt, aber der wilde Kampf hatte seine Kraft gehoben, verdreifacht. Zurück? Zurück in ein Leben der Entsagung, der Freudlosigkeit, einer Demut, die nicht seine wahre Gesinnung war, nie werden würde, — nein! Aber sterben, fallen für sein großes Ziel, für den stolzen Orden, dem er diente, für seine Heimat und alles, was ihm heilig war, — ja! Freudig ja!

Mit einem jauchzenden Hussa warf er seinen kastanienbraunen Streithengst in den dichtesten Haufen der Feinde. Rings trabten die Deutschen zurück. Bernhard blieb allein. Den Polen schwoll der Mut, von allen Seiten starrten Lanzenspitzen, und von zehn bis zwölf Speeren durchbohrt, sank Bernhard tot aus dem Sattel seines gleichfalls zusammengestochenen Pferdes, — lächelnden Mundes.

Heinrich hatte seine Reiter gesammelt und aus demselben Weg in die Burg zurückgeführt. Der Feind aber ging auf der ganzen Linie zurück, erschüttert von der Wucht dieses furchtbaren Reiterangriffs.

Am andern Morgen hielt wieder ein feindlicher Trompeter vor dem Tor. Wieder flog das Gerücht durch alle Räume der Burg: Der Pole bietet den Frieden an.

„Was Frieden!" sagte Meister Sturtz. „Wir danken für den polnischen Frieden. Der heutige Nachtangriff hat gezeigt, dass der Feind uns nicht gewachsen ist. Jetzt bläst er die Friedensschalmei! Narren wären wir, wenn wir darauf hörten!" Und so sprachen viele. Mut und Selbstvertrauen waren mächtig gewachsen. Man hatte jetzt Vertrauen auf einen günstigen Ausgang des Kampfes und felsenfestes Vertrauen auf den Hochmeister, ihren bewährten Führer.

Diesmal betrat der polnische Unterhändler die Burg nicht. Er übergab nur einen Brief seines Königs: nachmittags um sechs würde er sich die Antwort abholen. Außerdem bat er um einen 24stündigen Waffenstillstand zur Beerdigung der Toten. Als dieser bewilligt wurde, ritt er in das feindliche Lager zurück.

Auch Heinrich setzte für den Vormittag die Beerdigung der Opfer dieses Kampfes an. Unbewaffnete Abteilungen verließen die Marienburg und trugen die Gefallenen herein, die in der Kirche aufgebahrt wurden. Auf die Brust Bernhards von Lossow legte Renate eine herrliche, eben erblühte Rose. Nach einem feierlichen Totenamt wurden die Gefallenen der Erde übergeben.

Am Nachmittag berief Heinrich ein Kapitel in den Großen Sommerremter, jenen herrlichen Saal, dessen stolze Wölbung ein Wunderwerk ihres Erbauers, von einer einzigen Säule getragen wird und dessen feingegliederte, spitzbogige Fenster zur Nogat hinausblicken, weit den mächtigen

Strom überschauend. Hier versammelten sich sämtliche Ritter; man sah ihre Gestalten, ihre weiß leuchtenden Ordensmäntel sich deutlich an den Fenstern abheben. Der Waffenstillstand ließ sie die sonst gebotene militärische Vorsicht außer Acht lassen. .

Der Brief des polnischen Königs, der wieder Wort für Wort übersetzt wurde, enthielt eine langatmige Ermahnung zum Frieden, den der König sofort schließen wollte, sowie die Marienburg ihre Tore öffnen würde. Ein Lachen war alles, was die kampferfahrenen Ritter darauf zu antworten hatten.

Da sauste und sang es plötzlich in der Luft, im nächsten Augenblick klirrten die Fensterscheiben, die edel gegliederten Laibungen der Fensterumrahmungen barsten und brachen, eine Wolke von Steinen und Mörtel flog, und eine mächtige Kanonenkugel sauste, dicht an dem einzigen, das Gewölbe tragenden Pfeiler vorbei, in die Hinterwand des Saales. Diesen Pfeiler einzuschießen und dem versammelten Kapitel die

Decke auf den Kopf zu werfen, dass nicht einer entrinnen sollte, — war die Absicht gewesen.

Ein einziger Wutschrei erhob sich über dem Verrat. Heinrich aber rief in das Getümmel: „Das ist der Waffenstillstand der Polen! — Heute Nacht sollen sie unsere Antwort haben!"

Wie ein Lauffeuer flog die Kunde von dem hinterhältigen Schuss der Polen durch alle Kasematten und Goträume der Burg. Wie ein Mann stand das Volk auf. Diese Tat erforderte Rache! Ja! Heute Nacht sollten die Polen ihre Antwort haben.

Geheimer Alarm wurde ausgegeben. Auf Punkt zwölf Uhr nachts setzte Heinrich den Beginn des Ausfalls an.

Lothar traf Renate in ihrem derzeitigen Wohnraum.

„Es soll Mundvorrat für einen halben Tag mitgenommen werden." sagte er. „Wenn ihr so gut sein wollt, meinen Brotbeutel zu versorgen."

„Müsst ihr, die ihr in der Burg zurückbleibt, auch gleich alles mitnehmen?" fragte Renate.

„Ich bleibe nicht in der Burg zurück." antwortete Lothar. „Ich habe mir überlegt, wenn die großen Büchsen nicht in Tätigkeit treten, mit der Fußmannschaft auszurücken. So habe wir's in der ganzen letzten Zeit schon gehalten."

Das staute Renate. „Ich mache dir alles zurecht!" sagte sie eifrig. „Hole dir deinen Brotbeutel ab, ehe ihr antretet."

Meister Sturtz und Lothar schmiedeten noch einige Stunden beim Licht einer von der Decke hängenden Laterne und beim Schein des Schmiedefeuers, um einige Panzer und zerhauene Helme in aller Eile wieder herzustellen.

Eine außerordentliche Aufregung hatte sich Lothars bemächtigt; er hatte gesehen, dass Renate anderen Sinnes geworden war, dass seine Waagschale im Steigen war. Jetzt hieß es, sein Glück versuchen, jetzt oder nie!

Es ging auf Mitternacht; überall aus den Kasematten und den Gastkammern kamen die Männer in Wehr und Waffen. Auf den dunklen Höfen sammelten sich die Fähnlein: die Mauern hallten wider von all den schweren, nägelklirrenden Tritten.

Da warfen Meister Sturtz und Lothar ihre Hämmer beiseite und eilten, sich ebenfalls zu rüsten.

Renate hielt Lothars Brotbeutel schon bereit. Er nahm ihr diesen ab und zog sie selbst aus ihrem Wohnraum in die dunkle Kasematte.

„Jungfer Renate," sagte er, und seine Stimme zitterte vor geheimer Erregung, „ich habe eine große Liebe zu euch und wenn's Eisen wäre, ich wollte, was ich meine, herausschmieden, dass ihr eure Freude daran haben solltet, aber in Worte kann ich's nicht fassen. Ich bitte euch nur, wenn ich euch nicht ganz zuwider bin, seid mein!"

Ein helles Rot stieg in Renates Wangen, ein helles Licht strahlte aus ihren Augen.

„Ja, ich hab dich auch lieb!" entgegnete sie leise. „Habe dich immer liebgehabt nur einen Mann, der nicht wehrhaft ist, den hätte ich nicht haben wollen. Ich habe dir Unrecht getan, Liebster! Einziger!" Sie vergaßen sich und die Welt im ersten Kuss.

Draußen ertönte Marschtritt. Stumm riss Lothar sich los und eilte seinem Fähnlein nach. Renate ging in ihr Stübchen zurück, in den Augen die Tränen des Abschieds und die Tränen des Glücks.

Wieder setzte sich der Hochmeister mit seinem Reitergeschwader an die Spitze. In scharfem Galopp sprengte er auf das feindliche Lager zu, mit eingelegten Lanzen. Man erwartete, die feindliche Feldwache zu überreiten. Keine Feldwache war da!

Heinrich wurde stutzig. Hatten die listigen Polen einen Hinterhalt gelegt? Er ließ das Ganze Halt machen. Streifscharen gingen nach allen Seiten vor.

Stundenlang stand der Heerbann mit den Lanzen bei Fuß. Da kam die Kunde: das Lager war leer! Mit

Dunkelwerden war der Feind, erschöpft durch Hunger und Krankheit in dem rings verwüsteten Land, mutlos geworden durch seine blutigen Angriffe und die unerschütterte Widerstandsfähigkeit der Verteidiger, abgezogen!

Die ganze Nacht marschierte der Heerbann. Vom Feind war keine Spur mehr zu entdecken. Erst als der Tag graute, kehrte die Mannschaft, manchen steckengebliebenen Wagen, viele Zeltausrüstungen und andere Beute mit sich führend, in die Marienburg zurück.

Die Marienburg aber steht noch heut, in gleich dunkler Nacht des Schicksals, ein gewaltiger Zeuge der ewigen Gerechtigkeit, die über den Völkerschicksalen waltet. Den Unverzagten. Ungebeugten, dem der seine heiligsten Güter verteidigt, den verlässt das Glück nicht. Der wird nicht untergehen, dem wird der Arm gestärkt und das Herz, — denn in der eigenen Kraft, die sich selbst hilft, liegt der Schlüssel zur Überwindung jedes Hindernisses.

- ENDE -

Weitere Bücher von Alexander Kronenheim:

[ISBN: 9783743161863]

TITEL: **FRONTSOLDAT**

DIESER ROMAN BESCHREIBT DIE KRIEGSTATEN, FRONTSCHICKSALE UND DAS ALLTAGSLEBEN AUS DER SICHT EINES LANDSERS. IN TAGEBUCHAUSSCHNITTEN WERDEN DIE ERBARMUNGSLOSEN GEFECHTE WIE AUCH SCHICKSALHAFTE WEGE EINZELNER PROTAGONISTEN BESCHRIEBEN. AUSZUG:
VON SÜDEN HER EIN SCHWACHER KNALL, NOCH EINER UND NOCH EINER, JETZT EIN VIERTER. EIN UNHEIMLICHES HEULEN UND WINSELN FOLGT UND RECHTS VON UNS SPRITZT DIE ERDE METERHOCH AUF. DANN HINTER UNS, LINKS VON UNS, VOR UNS. VERDAMMT NOCH MAL! SIE ZIRKELN UNS MIT GRANATEN AB. „IN DEN WALD HINEIN! MARSCH, MARSCH!" . . . WIR RENNEN, WAS DIE LUNGE HÄLT, DENN GEGEN GRANATEN HILFT TAPFERKEIT GAR NICHTS.
RUMS! RUMS! . . . NUN WIRD'S GUT! KEINE HUNDERT METER HINTER UNS SCHNELLT EIN HAUSHOHER QUALMBAUM AUF. SCHWERES KALIBER!
JETZT SIND WIR GANZ EINGESCHLOSSEN UND HOCKEN IN UNSEREM WÄLDCHEN.
EINE NEUE BATTERIE SCHIESST SICH NUN AUS EINER ANDEREN RICHTUNG EIN. SIE VERMUTET UNS WOHL AN DER WESTLICHEN ECKE DES WÄLDCHENS, DENN DORTHIN HÄLT SIE MIT ERSTAUNLICHER HARTNÄCKIGKEIT.

[ISBN: 9783743161870]

TITEL: DER LANDSER BREITINGER

DIESER ROMAN BESCHREIBT DIE ERLEBNISSE VOM LANDSER BREITINGER UND SEINER KAMERADEN AN DER FRONT. IN AUTHENTISCHEN DIALOGEN UND REAL SKIZZIERTEN GEFECHTSSITUATIONEN WIRD DIE SCHICKSALHAFTE GESCHICHTE DER FRONTSOLDATEN DARGESTELLT.

AUSZUG:

AUS ALLERNÄCHSTER NÄHE KNALLTE ES, ERST EINZELSCHÜSSE, DANN GANZE SALVEN UND DIE GESCHOSSE SUMSTEN DEM LANDSER BREITINGER, DER SICH AUF DEN BAUCH GEWORFEN HATTE, ZORNIG UM DIE OHREN. DER ALTEN REGEL TREU, DASS MAN NUR SCHIESSEN SOLL, WENN EIN ZIEL ZU SEHEN IST, KROCH DER LANDSER AUF KNIE UND ELLENBOGEN ZU EINER HALB UMGESTÜRZTER MAUER UND RICHTETE SICH VORSICHTIG AUF. DAS SCHIESSEN HIELT LUSTIG AN UND VERSTÄRKTE SICH SOGAR NOCH. HINTER SICH HÖRTE DER LANDSER EIN GETRAPPEL, DREHTE SICH ABER GAR NICHT EINMAL UM, WEIL ER AUCH SO WUSSTE, DASS ES NUR VON DER GRUPPE DES VORPOSTENS HERRÜHREN KONNTE, DIE AUS IHRER DECKUNG SCHWÄRMTE UND DIE FÜR EINEN SOLCHEN ÜBERFALL BEFOHLENE STELLUNG BEZOG.

[ISBN: 9783738647686]

TITEL: BUNKER

DIES IST DIE GESCHICHTE VOM SCHICKSAL EINES WEHRMACHTBUNKERS AN DER FRONT UND SEINER BESATZUNG, WELCHE UNTER FÜHRUNG EINES ENTSCHLOSSENEN UNTEROFFIZIERS TAPFER DIE AUSSICHTLOSE STELLUNG VERTEIDIGT UND DABEI UM DAS ÜBERLEBEN KÄMPFT. AUSZUG:
„'RAUS AUS DEM BUNKER!... WIR BESETZEN DEN LAUFGRABEN...
AM KNIE VOR DEM TRICHTER, VIERZIG METER NACH RECHTS, STELLUNG!... SCHARF ANS GEWEHR!... BIEGLER NIMMT EINEN MUNITIONSKASTEN.."
DEN STAHLHELM NOCH IN DER HAND, KROCH DER UNTEROFFIZIER ZUERST HINAUS, HINTER IHM DER SCHÜTZE SCHARF MIT DEM AUFGEBUCKELTEN MASCHINENGEWEHR, UND ZULETZT BIEGLER, DER DEN MUNITIONSKASTEN AN SICH PRESSTE, ALS GINGE ER DAMIT TANZEN.
GEBÜCKT RANNTEN DIE DREI LEUTE DURCH DEN SCHMALEN SCHLAUCH. AN DER KNICKUNG WARF SICH DER UNTEROFFIZIER HIN UND WINKTE SCHARF AN SEINE SEITE.
KNAPP DREIHUNDERT METER VOR IHNEN, ABER NOCH KEINE ZWANZIG METER ÜBER IHNEN, KURVTE DER FLIEGER, EIN HABICHT, DER NOCH NICHT RECHT ENTSCHLOSSEN IST, VON WELCHER SEITE ER AUF DAS VERDATTERTE OPFER STOSSEN MUSS.
SCHARF HATTE DAS MASCHINENGEWEHR IN STELLUNG GEBRACHT. DER UNTEROFFIZIER SASS DAHINTER, FINGER AN DER AUSLÖSUNG, DEN STAHLHELM HALB IM GENICK.
„WENN DER SAUHUND BLOSS EINMAL WENDEN WÜRDE...! ICH BEKOMM' IHN NICHT RICHTIG HEREIN ... AH! ENDLICH!..."
DAS MASCHINENGEWEHR BELLTE LOS.

[ISBN: 9783743175648]

TITEL: BEN HUR – DIE SPÄTEN JAHRE

DIESER ROMAN SETZT MIT SEINER GESCHICHTE ZEHN JAHRE NACH DEM ENDE DES BEKANNTEN KLASSIKERS AN. BEN HUR LEBT MITTLERWEILE ALS ERFOLGREICHER GESCHÄFTSMANN MIT EHEFRAU ESTHER, SEINEN BEIDEN KINDERN UND SCHWESTER TIRZAH IN ROM. ABER EIN UNGLÜCKLICHER ZUFALL SPIELT DAS LEBEN BEN HURS IN DIE HÄNDE DES GNADENLOSEN IMPERATORS CALIGULA UND EIN LETZTES MAL MUSS ER UM LEBEN, EHRE UND FAMILIE KÄMPFEN.

AUSZUG:
BEN HUR HATTE ANFANGS SEINE ROSSE GESCHONT. PTOLEMÄUS HÄTTE DAHER IN DIE ARENA HINUNTERFLIEGEN MÖGEN, UM IHN ANZUTREIBEN: „ICH LASSE DIESEN NAZARENER AUSPEITSCHEN WIE EINEN HUND UND IN DEN TIBER WERFEN!" FLUCHTE ER WILD. GEIFERNDER SCHAUM TRAT AUF SEINE LIPPEN, WÄHREND CALIGULA ÜBER DEN VORSPRUNG IADOKS FREUDENTRÄNEN VERGOSS. ABER BALD ERBLASSTE ER, DA SICH DER ABSTAND ZWISCHEN IADOK UND BEN HUR ZUSEHENDS VERRINGERTE. UNMITTELBAR HINTER BEN HUR KAM DAS GESPANN DES GRIECHEN. BALD SAH MAN ALLE DREI FAST IN EINER REIHE NEBENEINANDER DURCH DIE ARENA SAUSEN. DIE HUFE DER ROSSE SCHIENEN KAUM MEHR DEN BODEN ZU BERÜHREN. DIE RÄDER SCHIENEN MIT DER LUFT IN EINS ZU ZERFLIESSEN. DIE GESPANNE FLOGEN DAHIN, ALS OB DER SONNENGOTT SELBST MIT SEINEM WAGEN DURCH DIE LÜFTE SAUSE.

Weitere Romane von Alexander Kronenheim:

Alarich – Der Eroberer von Rom [ISBN: 9783741208737]

Unter der Macht Roms [ISBN: 9783741237423]

Rom im Untergang (Reihe)

Teil 1 – Eine neue Macht [ISBN: 9783734787911]

Teil 2 – Kampf in Germanien [ISBN: 9783734787928]

Teil 3 – Die Rückkehr der Götter [ISBN: 9783734745560]

Teil 4 – Entscheidungsschlacht Frigidus [ISBN: 9783734791222]

Teil 5 – Aetius - Roms letzter Adler [ISBN: 9783738635034]

Teil 6 - Aetius – Attilas Zorn [ISBN: 9783738635874]

Teil 7 – Aetius – Zerstörung Aquileias [ISBN: 9783738635904]

Die Schlacht bei Fehrbellin [ISBN: 9783738648454]

Nephoris – Töchter des Cheops [ISBN: 9783738647631]